悪夢の商店街

木下半太

幻冬舎文庫

悪夢の商店街

目次

プロローグ　一九九〇年一〇月　ベトナム

俺は朝から機嫌が悪かった。

目の前に座っている男は、そのことを楽しんでいるかのように、ココナッツジュースを飲みながらニヤついている。

「いい国じゃねえか。お前の生まれ故郷なんだろ？」

「うるせえ」俺は喉(のど)の奥に絡んだ痰(たん)を茶色く濁ったメコン川に吐き捨てた。

「そうカリカリすんな。〝魔法使い〟さんよ」男がココナッツの内側についているゼリーを指ですくって舐(な)める。

男の名前は工藤。どうせ、偽名だ。俺たちの業界で本名を名乗る奴などいない。

工藤は、俺より十歳は年上だろう。業界では伝説的な男だ。短く刈り上げた髪、浅黒い肌、小柄だがしなやかな筋肉を身にまとっている。コロコロと表情が変わり、感情を表に出すタイプだが、目だけは変化しない。爬虫類(はちゅうるい)の目のようにじっと佇(たたず)んでいる。

もう一つ、工藤を語る上で外せない特徴がある。広い額にある直径二センチほどの丸い傷だ。右眉毛の上にポツリとある。

数年前、工藤は銃で頭を撃たれた。頭の中にまだ銃弾が残っているのにもかかわらず、体に何の障害も出ていない。本人は「俺は無敵なんだよ。神も悪魔も俺には手を出せねえ」と嘯いては豪快に笑う。

認めたくはないが、俺の師匠的な存在だ。コンビを組んで二年、数々の仕事をモノにしてきた。ほとんどが工藤の実力によるものだったが、わざと俺を立て、自分は目立たないように、裏で動くのを好む。俺を〝魔法使い〟と呼び始めたのも工藤が最初だ。

「さてと」工藤が気持ち良さそうに伸びをした。「そろそろ、真面目にミーティングしようぜ」

「わざわざ、船の上でする必要ねえだろ」

「馬鹿野郎。せっかくベトナムに来たんだ。メコン川をクルーズしなきゃ意味ねえじゃねえか」

クルーズというほど豪華なものではない。小さくてボロいボートだ。船頭も一人しかいない。一応、エンジンは付いているが、さっきから怪しげな音を立て、今にも止まりそうだ。

俺に、ガキの頃の記憶はほとんどない。船の上から見るベトナムの景色を見ても、まったくノスタルジックな気分には浸れなかった。

俺の体には半分日本人の血が入っている。物心ついたときから日本で育ってきた。この国が故郷だと思ったことは一度もない。

「何、ふて腐れた顔してんだ？」工藤が俺の横顔を見て笑った。

「計画を練り直してるんだよ」俺はぶっきらぼうに返した。

それは嘘ではなかった。ここまできて失敗は許されない。

「もし本物の〝魔法使い〟になりたかったら」工藤がわざと間を取り、俺の反応を窺う。

「人生を楽しめ。この世は奇跡で溢れている」

俺は嫌味タップリに顔をしかめた。「詐欺師が人生を楽しんでもいいのか？」

工藤が珍しく真顔になった。「ただし、絶対に結婚はするな。ましてや子供を作るなんて自分の首を絞めるだけだ。あとで泣きたくなかったら、これだけは守れ」

水上マーケットに着いた。たくさんの船がひしめいていて、各々が色々な物を売っている。マンゴー売りの船が寄ってきた。手漕ぎのボートを漕ぎ、少女がマンゴーやバナナを売っている。

「おっ。美味そうだな」工藤が身を乗り出す。

「やめておけよ。ボラれるぞ」

「別にいいじゃねえか」工藤が額の傷を掻きながら言った。「今回の仕事に成功すれば、唸るほど金が入ってくるんだからよ」

第一章　二〇一〇年九月　大阪

1

「公子。あまりにも辛かったら舌噛んで自殺せいよ」

私の左隣に座っている角刈りでパンチパーマの男が充分にドスを利かせた声で言った。

関西国際空港の旅客ターミナルのベンチで、私は、Ｖシネマの冒頭ですぐ殺されるような安っぽいヤクザ二人に挟まれていた。

「脅かすわけやないが、お前を買うた大富豪はメガトン級のド変態やど。噂では豚と３Ｐしたり、腐った死体と３Ｐしたり……自分で言うてて気持ち悪うなってきた。吐きそうや」そう言って角刈りでパンチパーマの男が噯を呑み込んだ。

角刈りパンチは、さっきから一人で喋り続けている。

私はチラリと右隣の銀縁眼鏡のスキンヘッドを見た。こっちは、ずっとｉＰｏｄを聞きながら宙を眺めている。イヤホンから、ボソボソと男の声が漏れていた。

「太宰治や」角刈りパンチが言った。

「えっ？」私は思わず訊き返した。

「こいつ、暇さえあれば《走れメロス》の朗読テープを聞いとんねん。アホやろ。どんなヤクザやねん」

テープじゃなくて、ｉＰｏｄでしょと訂正したかったがやめた。余計な一言で怒らせると面倒だ。

まずは、自分の命が助かる道を考えなくてはいけない。あと十二時間もすれば、二度と日本に戻れなくなる。

考えろ。この状況から脱出するにはどうすればいい？

私の名前は、世良公子。

自分で言うのも何だが、絶世の美女だ。過去に付き合ってきた男たちからは和製ニコール・キッドマン（『ムーラン・ルージュ』の頃の）に似ていると言われた。断じて、お世辞ではない。スタイルも申し分ない。三十歳になった今も、峰不二子ばりのＢＷＨを維持している。寝る前のヨガと朝起きてからの豆乳一・五リットル一気飲みは欠かさない。

せっかく今日までこの美貌を必死で維持してきたのに、こんな形で殺されてたまるものか。

角刈りパンチが、人さし指で歯に詰まった肉をほじくり出した。さっき、車で食べていたケンタッキーフライドチキンだ。脂で唇がテカテカになっている。

銀縁スキンが朗読に合わせてボソリと呟く。「メロスは黒い風のように走った」

今だ。私は逃げようとした。だが、無駄な抵抗だった。走り出そうとした瞬間、後ろ髪を摑まれベンチに叩きつけられるようにして座らされた。

　ベンチに尾てい骨をしこたま打ちつけた。叫びたくなるのと泣き出したくなるのを必死で堪える。だが、涙を流すなんてチョモランマより高い私のプライドが許さない。

「髪の毛摑むのはやめてや」

　ブチギレたいのを堪え、できるだけ平静に言った。このヘアスタイルを維持するのに、どれだけ美容室に投資したと思っているのよ？

「手間かけさすなや」角刈りパンチが、声をひそめながらドスを利かせた。「ドバイの大富豪がお前を待っとんねん」

「……なんでドバイなんよ。て、いうか、ドバイってどこにあんのよ？」私は、尻の痛みに顔をしかめながら言った。

「知るか。わしは飛行機恐怖症やから海外に行ったことなんかないねん。ドバイのバブルが弾けてから、大富豪どもがヤケクソになっとるっちゅうのを、わしも聞いただけや」角刈りパンチが、また歯に挟まった鶏肉を指でほじくった。かなりしつこいのがひっかかってるんだろう。「お前をコーディネーターに渡したらワシらの仕事は終わりや。とっとと帰って風呂入って寝たいわ」

「こんな時間から寝るの？」

私はコーヒーショップの時計を見た。午前十時を少し回ったところだ。

「お前を追いかけ回していたせいで、丸二日寝てへんのや。クタクタやがな。我ながら歳とったわ」角刈りパンチが、コキコキと首を鳴らす。年齢は、四十代の後半だろうか。

銀縁スキンは、もう少し若い。三十代の半ばに見える。相変わらず、虚ろな目でｉＰｏｄに集中している。

「コーディネーターって何者なんよ？」私は角刈りパンチに訊いた。

「知るか」角刈りパンチが、吐き捨てるように言う。

「なんにも知らんのね」私は、皮肉を込めて鼻で笑った。

「知らないように努力をしとるねん。ワシにも家庭があって、カワイイ子供が三人おる。自分が引き渡した相手の運命をいちいち考えとったら、子供と遊ぶときに気分悪いやろ」

「ヤクザのくせに、家庭を大事にしてるんや。いつも何して遊ぶんよ？」

「普通の家と一緒や。ショッピングモールに行ったり水族館に行ったりやな」

「どこの水族館？」

「天保山の海遊館や。一番下のガキがジンベエザメを好きでな」角刈りパンチが目を細める。

子供の笑顔でも思い出しているのだろう。

子供のことを考えてあげるのなら、まずはその髪形を何とかしたらどうだと言いたかったがやめた。他人の家庭のことなどどうでもいい。まずは自分の人生だ。

「そのコーディネーターって人身売買を生業にしてんの？」

「だから知らんって言うてるやろ。自分で想像せんかい。公子、これからのお前の武器は自分の想像力しかないんや」

自分で言うのも何だが、私は凄腕の結婚詐欺師だ。今回は引っかけた相手が悪かった。ウブで世間知らずのお坊っちゃまだと思ってたら武闘派暴力団の組長の孫だった。向こうの家族との初めてのお食事会でようやく気がついた。

北新地の超高級割烹の前には黒塗りのベンツが列を作っていた。私の前に現れたのは、仁義なき世界の登場人物たち。食事中、トイレに行くふりをして逃げようとしたところを、とんでもなくいかつい若頭に捕まった。

「想像力には自信がないんよね」

私は、飛び立つ飛行機を眺めながら呟いた。この四階のターミナルからは滑走路が見える。

「女って生き物は想像力に乏しいからのう」角刈りパンチが、シーシーと歯の間を鳴らした。やっと、鶏肉が取れたようだ。「ウチの嫁はんもえげつないほど現実的やわ。風呂の残り湯を使って洗濯すんねん。ヤクザの家がやぞ？　信じられるか？」

「私は女の中でも、群を抜いて現実主義者やで」私は角刈りパンチを睨みつけた。

「母親に捨てられた過去があるからやろ？　ボンにさんざん聞かされたわ」

私が騙した男、門田大成は、暴力団の構成員たちから〝ボン〟と呼ばれている。二十五歳になる堅気の好青年だ。角刈りパンチの話では、私に騙されたと知ってショックのあまり胃に穴が開いたらしい。

「言っとくけど嘘ちゃうで。ほんまに捨てられてんから」

「わかっとる。お前の過去は、全部調べさせてもらった。たしかに、不幸な生い立ちや。資料を読んでて、ちょっと泣きそうになったわ。結婚詐欺師になって男たちから金を奪ってやろとする気持ちもわからんでもない」

私は、母親も父親の顔も知らない。生まれてすぐ、南海なんば駅の公衆トイレに捨てられていたのを発見され、児童養護施設の『世良学園』に引き取られた。公子という名前は園長が付けた。

園長は「公衆便所で拾われたから〝公子〟や。良かったな。世の中に公衆便所があって。おかげで、アンタはここに来られたんやで」と、子供だった私の頭を撫でた。私が、超現実主義になり、結婚詐欺師という職業を選んだのも、園長のババアのおかげだ。ババアは、学園の子供たちをいっさい甘やかすことなく、逞しく育ててくれた。

「少しは同情してくれてもええんちゃう？」私は、猫撫で声で角刈りパンチに言った。

「ボンは騙したらアカン」角刈りパンチが、私の肩に手を置いた。「お前はボーダーラインを越えてもうたんや」

反射的に払いのけようとしたが、手首を摑まれ、すごい力で捻られた。

「ひっ……ぐっ……」悲鳴が出そうになるのを必死で堪える。

銀縁スキンがチラリとこちらを見たが、助けてくれる素振りはない。

「よう我慢した。なかなか根性あるやんけ」

空港の駐車場で車を降りるとき、「デカい声を出すなよ」と念を押されていた。約束を破れば、両手両足を縛られ、口にガムテープを貼られて車のトランクに転がされている私の甥が、殺される。

甥の名前は、象。五歳。口が異様に達者な生意気盛りのガキだ。

母親の名前は希凜。親子揃って、人をおちょくった名前である。

希凜に「なんでそんな変な名前つけたんよ？　絶対にイジメられるから改名してあげや」と散々説得したが、彼女はまったく聞く耳を持たなかった。ちなみに、希凜は天王寺動物園のキリンの檻前に乳母車ごと捨てられていた。だから希凜。命名したのは、もちろん、園長（動物園ではなく、世良学園の）のババアだ。

当たり前だが、希凜と私は血が繋がっていない。だが、姉妹だ。全然似てないけれども誰がなんと言おうと、私たちは姉妹だ。

だから、希凜の息子は、私の甥ということになる。

「手を離してや……」私は、手首の痛みに脂汗を流しながら、角刈りパンチにお願いした。

「まだ離さへん。ワシの言うことをよく聞け」角刈りパンチの目がすわっている。「ヤクザにとって、一番大切なことはなんやと思う？」

「……仁義？」

「ちゃうわい」

手首がさらに、締め上げられる。ミシミシと骨が鳴った。

「ぎっ……」

涙が出てきた。キャリーケースをゴロゴロと引いた観光客やキャビンアテンダントが、私の前を次々と横切るが誰も助けてくれない。と言うよりも、誰もこっちを見ていない。

「な、何が一番大切なんよ……」

「メンツや」角刈りパンチが低い声で続けた。「たとえ堅気のボンでも、結婚詐欺師に騙されたなんてことが広まれば、組の沽券(こけん)に関わるねん」

「い、痛い……」

あと数センチ手首を捻られたら、骨が折れてしまう。

「ええか。ヤクザを舐めるなよ。ホンマやったら六甲山に埋めるとこやど。ボンのためやったら喜んで懲役に行くって奴は組にゴロゴロおるねん。ワシらは、古いタイプの極道なんや」角刈りパンチが、顎で隣にいる銀縁スキンを指した。「コイツも二人ほど埋めたことがある」

ハッタリだ。私に嘘は通用しない。私の仕事は男に嘘をつくことだ。騙してきた数は百や二百じゃ利かない。いつのまにか、自然に人の嘘がわかるようになってしまった。便利だが面倒臭くもある職業病だ。

「あっ……」銀縁スキンが、唐突にiＰｏｄのイヤホンを外して立ち上がった。

「どないしてん？」角刈りパンチが私の手首を外す。

「あの人って……」前方を指す銀縁スキンの指が震えている。

一人の男が、ターミナルの人ごみを泳ぐように歩いてきた。わずかに右足を引きずっている。よく見なければ気づかない程度だ。

「魔法使いや……」角刈りパンチが、小声で呟いた。「な、なんで、こんなところにおるねん……」

「はあ？　魔法使い？　なんやの、それ？」

私が訊いても二人とも答えてくれない。幽霊を見るような顔で、ぐんぐん近づいてくる男を凝視している。

眠そうな顔をした細身のその男は、私の前で立ち止まった。

2

「世良公子だな」

男が言った。喉の奥で痰がからんでいるようなしゃがれた声だ。

年齢は四十歳前後だろうか。ボサついた髪に薄い眉。顔色が悪く、顎から首筋にかけて、うっすらと髭(ひげ)が生えている。朽葉色の麻のスーツに泥がついた革靴。薄汚れた白いシャツにノーネクタイだ。

「あんたがコーディネーター？」私は訊き返した。

「この人は、ちゃうで」角刈りパンチが代わりに答えた。声のトーンがわずかに高くなって、怯(おび)えているのがわかる。

魔法使いと呼ばれた男は何も言わず、封筒を角刈りパンチに渡した。

封筒の中身は手紙だった。角刈りパンチは、眉間(みけん)に皺(しわ)を寄せてそれに目を通すと、静かに息を吐いた。

「おい、帰るど」角刈りパンチは、スタスタとベンチから離れていった。

「えっ？　あっ、はい」銀縁スキンが、戸惑いながらもついていく。

角刈りパンチが振り返り、私を見た。「事情が変わった。ドバイはキャンセルや」

「じゃあ、助かったの？」

何が起こったのかわからないが、棚から落ちてきたぼた餅（もち）は喜んでキャッチさせてもらう。

「それはどうやろうな」角刈りパンチが、憐（あわ）れみのような表情を浮かべた。「公子。お前は、魔法使いに買われたんや」

「だから、魔法使いって何よ？」

「本人に訊けや」

角刈りパンチと銀縁スキンは、ターミナルの人ごみに消えていった。突然現れた男に怯えて逃げていくように見えた。

私は呆気（あっけ）にとられた。あまりにも急な展開に混乱してしまう。

「〝魔法使い〟は、俺の呼び名だ。気にするな」男は、広い額を薬指で掻きながら言った。

「呼びにくいなら、適当な名前をつければいい」

男の仕種（しぐさ）には、どこか気品のようなものが感じられた。今さっきまでここにいた二人とは明らかに異質な空気を身にまとっている。

「……私をどうするつもりよ」

「俺の指示に従ってもらう。従うかどうかは自由だ。逃げたければ好きにすればいい。ただし、お前の甥は、俺が預かっていることを忘れるな」


「一体、どこに向かってんのよ？」

私は、ハンドルを握る男に訊いた。

男の車は、阪神高速湾岸線を北に向かって走っている。岸和田南のインターチェンジを越えた。左手に大阪湾の海が見える。

「下見だ」男はアクビを嚙み殺したような顔で答えた。

「何の下見よ？」

「行けばわかる」

男が話は終わりだと言わんばかりに、カーラジオのボリュームを上げた。FMから流行りのJポップが聞こえてくる。若い男と若い女が歌う薄っぺらいラブソングだ。

男は舌打ちをして番組を変えようとしたが、手つきがぎこちなく、うまくいかない。

車種は日産のキューブ。色は水色だ。男の風貌と比べてみると、明らかに違和感がある。

「この車、アンタのものとちゃうの？」

「ああ、違う」男が、そっけなく言った。

「どこから盗んだん？」

「もちろん、空港の駐車場だ」

「自分の車は？」

「そんなものはない。足枷になる」男はチューニングを諦めて、ラジオを消した。

よく見ると、キーが差さっていない。どうやって、エンジンをかけたのだろうか？

角刈りパンチの『魔法使いや……』という声が耳に残っている。この男は何者だ？　窮地から救ってくれたが、味方だとも思えない。

「象は、今、どこにおるんよ？」私は、男の横顔を睨みつけた。「象の身に何かあったら、ぶっ殺すで」

「安心しろ。お前の甥には危害を加えていない。おれの計画に協力すれば無事に返す」

「何を企んでんのよ？　ちゃんと、説明してや」背中のうぶ毛が逆立つ。嫌な予感がするときの私の体質だ。

「下見をしながら話す」

「……私に何をさせる気なん？」昔から、嫌な予感ほど当たる。

男は、前方を見ながら、まったく表情を変えずに言った。

「お前には、豆腐屋の嫁になってもらう」

「はあ？」私は顎が外れるほど口を開けた。

「何度も言わすな。豆腐屋の嫁になれ」男が、苛(いら)ついて口の端を歪(ゆが)める。

「まったくもって意味がわからんねんけど」

怒りを通り越して呆(あき)れた。何が豆腐屋だ。ドバイとあまりにも差がある。

「お前の仕事は結婚詐欺師なんだろ？」

男の言葉に、軽蔑が込められている。象が人質に取られていなければ、こめかみをぶん殴っているところだ。

「……そうや。だから何よ？」

「ヤクザの孫をたらし込めたのなら、豆腐屋の息子を落とすぐらい余裕だろ」

「落としてどうすんの？」

ヤバい匂いがプンプンとする。ヤクザの孫を引っかけてケチがついたのか、自分の運がみるみる悪くなっている気がする。

慎重にことを運べ。長年、人を騙してきたからわかる。この男は、角刈りパンチや銀縁スキンよりも何十倍も危険人物だ。

私は、男にバレないように小さく深呼吸した。

「お前は何も考えなくていい。俺が出す指示を待ってろ」男が、そんな私を見透かすように言った。

「そもそもアンタは何者なんよ」

「それは、お前、次第だ。与えられた仕事を完璧に遂行すれば、おれはお前の救世主になる」

「失敗すれば？」

「失敗はない」男が言い切った。

「……アンタも私と同類なん？」

ヤバい匂いの理由がわかった。この男も、人を騙して地獄に落として、金を稼いでいる。私と同じ匂いがしていたのだ。

「そうだ。結婚詐欺なんて二流の仕事には手を出さないがな」

「言ってくれるやん。ターゲットは誰よ？　豆腐屋？」

「商店街だ」男が、アクセルを踏んだ。車が加速する。「寂れた商店街の住人たちを騙す」

海が、夏の終わりの太陽を反射し、キラキラと輝いている。

3

「……この商店街？」私はアーケードの入り口を見上げた。

「キララ九条商店街だ」私の隣で男が答える。

大阪は西区の九条。京セラドームが近い。車は、少し離れた路地裏に乗り捨ててきた。

「なんで、商店街がこんな名前なん？」

ネオン管で《キララ九条》とある。まだ、昼前だからネオンは灯（とも）っていない。

「俺に訊くな」男は、スーツの内ポケットからフリスクを出し、一粒口に入れた。

「別に寂れてないやん」

買い物のおばちゃん連中がそこそこいるし、銀行もある。商店街の前は中央大通りだ。阪神高速の高架下を何台もの車が通りすぎていく。

男は何も答えずに、商店街の中に入っていった。

こんな普通の商店街の人々を騙して、どうするつもりだ？　儲け話が転がっているとは、とても思えない。

私はため息を呑み込み、男を追った。象を人質に取られている限り、従うしかない。

驚くほど地味な商店街だ。大阪のおばちゃんしか着られないような服がズラリと並んでいる婦人服専門店、〝アツアツ焼きたて〟と看板が出ているが、作り置きのタコ焼きがビッシリ並んでいるタコ焼き屋、なぜかこの時間から開いている大衆酒場と雀荘が、おもちゃ屋を挟んでいる。

　奥に行けば行くほど、シャッターが目立ってきた。

「あれだ」男が立ち止まった。右手の五軒先に、豆腐屋が見える。「この時間は一人息子が店番をしている。田辺勘一という男だ。知り合いになってこい」

「えっ？」私は、思わず男を睨みつけた。

「結婚詐欺を舐めてんの？」

　ターゲットを落とすのには、最低でも数カ月の準備が必要だ。

「時間がないからお前を選んだ。一刻も早く、一人息子と結婚しろ」

「……期限はいつまでなんよ？」

　男は間髪入れずに答えた。「一週間だ」

「不可能やって！」ブチギレそうになる。我慢の限界だ。

「その言葉をおれの前で二度と使うな」男は、またフリスクを口に放り込んだ。「甥を殺されたくなかったらな」

　一週間で結婚？

　いくら私がニコール・キッドマンに似ているといっても、無理なものは絶対に無理だ。

「いいから、早く行け」男は、フリスクをバリボリと音を立てて嚙んだ。「時間を無駄にする奴をおれは許さない」

「どんだけ偉そうなんよ……」私は、男に聞こえないように呟き、豆腐屋へと向かった。

《手作り豆腐》と書かれたのぼりが見える。どう見ても、何の変哲もない商店街の豆腐屋だ。こんな店を狙ったところで、たいしたメリットはないはずだ。

あの男は何が目的なんだ？　悪い冗談としか思えない。

店の前に着いた。誰もいない。客はおろか、従業員の姿も見えない。

《田辺豆腐店》と看板が出ているが、茶色にくすんでいて、目の前に立たないと文字が読めない。店先に置かれた小さなケースには、豆腐の他に、油揚げや、がんもどき、湯葉、豆乳などがある。

「すいませーん」私は、店の奥に声をかけてみた。「誰かいませんかー」

返事がない。もう一度、大きな声で呼んでみたが、結果は同じだった。

「カンちゃんやったらスロットやで」

隣の金物屋のおばちゃんが顔を出し、向かいのパチンコ店を指した。

スロット？　店をほったらかして？

「カンちゃん！　お客さんやで！」金物屋のおばちゃんがびっくりするような大声で怒鳴る。

当たり前の光景なのか、周りの人たちは何の反応もしない。

パチンコ店から、若い男が飛び出してきた。黄色のポロシャツにアディダスのジャージー。白い長靴を履いている。

「すんません。すんません。何にしますか?」男が頭を掻きながら近づいてくる。スポーツ刈りで、眉毛が太く、鼻が丸い。ニコニコと愛想良くしているが、目が笑っていない。一刻も早く、スロットに戻りたいんだろう。

この男と結婚? 本来なら絶対に相手にしないタイプだ。金からはもっとも縁遠い〝お人好(よ)し〟の匂いがプンプンする。それに若すぎる。どう見てもまだ二十歳そこそこの兄ちゃんではないか。

「あの……お豆腐が欲しいんですけど」私は、とりあえず言ってみた。

「絹? 木綿? どっちにします?」

落ち着きがなくそわそわとしている。私の美貌に、ではない。それどころか自慢の美貌にはまったく興味を示していない。

おいおい。そんなにスロットが好きなのか。

結婚詐欺師としてのプライドにメラメラと火がついた。

「どっちがおいしいんですか?」

私は、上目づかいでジッと豆腐屋の一人息子を見つめた。たいていの男は、これでグラリとくる。

「どっちもうまいっすよ。うちの豆腐は昔ながらの作り方でやらせてもらってますからね。絹か木綿かは料理によりますわ。メニューは、もう決まってはるんですか？」

一人息子は、早口でペラペラと説明した。私のナイスバディを前に、一ミリもグラリときていない。

こいつ、ゲイ？　そうとしか考えられない。

「……マーボー豆腐にしようかと」

「マーボーかぁ」一人息子が、大げさに歯を食いしばってみせた。

「マーボー豆腐は木綿とちゃうの？」金物屋のおばちゃんが口を挟む。

「いや、絹のツルリとした食感もええんよ。ただ、木綿のほうが、マーボーが絡むんやけどね」

一人息子が得意げに鼻を膨らます。

「《八海飯店》さんは、木綿使ってはるけどね」金物屋のおばちゃんが、二軒先の中華料理屋を指した。「値段の割には、あんまおいしないけどな。ギョーザだけはおいしいけどな」

「味噌ラーメンもそこそこいけますよ」

「味噌に頼っとる時点でアカンわ。味噌入れたらなんでもうまなるのよ」

金物屋のおばちゃんはブツブツ言いながら自分の店へと戻っていった。

「で、どっちにしましょ？」一人息子が、少し面倒臭そうに言った。相変わらず私を見ていない。視線の先はパチンコ店に向いている。

仕方ない。こうなれば強硬手段だ。

私は、右手を高々と上げ、フルスイングで一人息子の頬を張った。バチンという小気味のいい音がアーケードに響き渡る。

「へっ？」一人息子が、呆然（ぼうぜん）としながら、頬を押さえた。

「私のこと……憶えてないんですね」私は、気合で瞳から涙をこぼした。

長年、結婚詐欺をやっていれば涙ぐらい自由自在に流せる。女の涙は、使いようによっては最強の武器になるからだ。

「えっ？　えっ？　な、なんのこと？」一人息子が、しどろもどろになる。

「ひどい……」私は、最後にもう一度だけ、上目づかいでジッと見つめた。

一人息子が目をパチパチとさせ、口を半開きにした。

よっしゃ。グラリときた。これで、私のことは忘れないはずだ。

私は、一人息子を残し、豆腐屋から走り去った。

「カンちゃん！　なに、女の子を泣かしてんの！」

背後から金物屋のおばちゃんの声が聞こえた。

4

「ビンタとは考えたな」

運転席の魔法使いが、笑いを噛み殺した。

「よくある手よ」私は、サイドミラーに映る自分の顔を見ながら答えた。見事に、ふて腐れている。

「ああいうのを〝ハトが豆鉄砲を食らう〟って言うんだろうな」男が豆腐屋の一人息子の顔を思い出したのか、クックッと笑う。

「見てたの？」

「ああ。お手並みを拝見しようと思ってね」

男のキザな物言いにカチンとくる。この世で身震いするほど嫌いなものが、ナメクジと奈良漬けとキザ野郎だ。

「で、次はどこに行くんよ？　こんな車で」

私たちは今度は花屋の車に乗っていた。《塩崎フラワー》と書かれたライトバンだ。

商店街を出たところにキーが差さったままで、放置されていた。周りに花屋の店員らしき人物は見当たらず、まるで魔法使いのために誰かが用意したかのようだった。

「お前の住む場所だ」男が、笑うのをやめた。「しばらくは、そこで寝泊まりをしてもらう」

「ヒルトンのスイート？」

「そんなわけないだろう。西成のマンションだ」

なんだ、この男は？　まったく冗談が通じない。そもそも、西成といえば大阪ナンバー1のディープ・スポットだ。ヒルトンとは雲泥の差どころの話ではない。

「この車は、誰が用意したん？」私は、バンに積まれている花を見ながら言った。バラやカサブランカなど、色々な花の香りが混ざって鼻をつく。

「誰も用意はしていない。俺が望むものは、向こうから勝手にやってくる」

男が、慣れない手つきでカーラジオを触った。ステレオから、ソウル・ミュージックが流れてくる。

「おっ、《アル・グリーン》だ」男が、嬉しそうにニヤついた。イラッとする。ずっと、この男のペースだ。

「魔法使いさん、いいかげんに名前を教えてや。何て呼べばええんよ？」

「好きな名前で呼べよ。そう言ったろ」男は、曲に合わせて指でハンドルをたたき、リズムを取っている。

車は千日前通りから新なにわ筋を右に折れた。本当に西成方面に向かっている。

「じゃあ、ハリーにするわ。《ハリー・ポッター》のハリー。男の魔法使いなんて、それしか知らんし」

「ご自由に」男がサックスのメロディに乗せて口笛を吹く。

嫌がるかと思ったのに、肩すかしを食らった。

「こんな変な名前でええの？」

「俺は日本人ではないからな。違和感はない」

「えっ？　おもいっきり日本人に見えるんやけど……」

私は、ハリーの横顔をまじまじと眺めた。たしかに、平均的な日本人よりも彫りは深いが、とても外国人には見えない。

「母親がベトナム人だ」ハリーは右手で運転をしながら左手だけで器用にメールを打ち始めた。「ベトナム人は日本人に似ている。現地の人でも、見ただけでは判別できない人もいる」

「たしかに……」

ベトナムに行ったことはないが、ベトナム料理店の店員が日本人なのかベトナム人なのかわからないときはあった。

「おれはベトナムのど田舎で生まれ、五歳まで、そこの農村で育った」

「そんなに田舎やったん？」

「村の隣がジャングルだった。いや、ジャングルの中に村があったと言ったほうが正しいな」ハリーが尋常ではないスピードでメールを打ちながら答える。

「頼むから運転に集中してくれない？　事故ったらどうすんの？」

「人間、いつかは死ぬんだ。いつ死んでもいいように普段から美味いもんを食っとけ」

「はあ？　それ何のセリフ？」

こんな胡散臭い男は初めてだ。結婚詐欺師という仕事柄、色んな人間を見てきた。偽善者、病的な嘘つき、生まれながらにしての犯罪者、超のつく楽天家、金持ちに見せかけた貧乏人、貧乏人に見せかけた金持ち……。ハリーは、どのカテゴリーにもあてはまらない。

「お父さんは日本人なん？」私は、ハリーの本性を探るべく、突っ込んだ質問をした。

「母親の話ではな。まぬけな顔をした日本人観光客の写真を見せられたよ。ただ、母親は村で一番のホラ吹きだった。実は父親がチャイニーズだったんだなんて打ち明けられたとしても、おれは驚かないね」

ハリーが、メールを打ち終え、携帯電話を麻のスーツの内ポケットに戻した。

……誰かと連絡を取っている。キューブといい、この車といい、手際がよすぎる。絶対仲間がいるはずだ。そいつが象を人質として預かっている可能性が高い。

必ず、こいつの化けの皮を剝いでやる。

「日本には何しに来たんよ？」私は質問を続けた。「金儲け？」

ハリーが、小馬鹿にしたように、鼻を鳴らした。

「何がおかしいのよ？」私は、怒りを抑え込んだ。運転中の人間に暴力を振るうわけにはいかない。

「今回がたまたま日本なだけだ」ハリーがブレーキを踏んだ。「降りろ。この車を捨てるぞ」

「どうしたん？　いきなり？」私は辺りを見回した。右手に環状線の高架がある。芦原橋駅の近くだ。

「歩くの？」西成まではかなり遠い。

「いや、走れ。この車に爆弾が仕掛けられている」ハリーが車を飛び出した。

え？　今、なんて言った？

「ちょっと！　爆弾って何よ！」

私は、花屋のライトバンの助手席から転がり落ちた。膝が笑って、うまく走ることができない。

「爆弾は爆弾だ！　ダッシュしろ！」

ハリーは、右足を引きずりながらも、凄いスピードでどんどん離れていく。

クソッ！　こっちだって逃げ足には自信があるんだよ。自慢だが、小中高と体育祭の時は、必ずリレーのアンカーに選ばれていた。帰宅部のくせに、陸上部よりも足が速かったのだ。

アスファルトを蹴（け）った。腕を振り、股を上げる。サファリパークで、ライオンに追いかけられていると想像しろ。カバでもいい。甥っ子の象（動物ではなく人間だ）の話では、カバはあの風貌からくるイメージとは違って、とんでもなく凶暴な動物らしい。二トンの体で、時速四十キロで走るそうだ。『アフリカ人は、ヒポポタマスと聞いただけで震え上がるんや。まあ、でも、最強はゾウやけどな。ゾウが陸上ではナンバーワンや』と、得意げに語っていたのを思い出す。象は、私がこれまで見た中で、一番生意気なガキだ。

五十メートル以上は走っただろうか。ハリーが、何食わぬ顔で歩いている。私は走るのを止（や）め、振り返った。ライトバンが爆発する気配はない。

「どういうことなんよ！」私は、ハリーに追いついた。

「騒ぐな。通行人を装え」ハリーが、私を見ずに小声で言った。

「ふざけんな！　アンタの遊びに付き合うほど、こっちは暇とちゃうねん！」

次の瞬間、バゴンと大きな音がしてライトバンが爆発した。

私はアホみたいに大口を開け、燃えているライトバンを眺めた。まるで、ハリウッド映画のワンシーンみたいだ。

あのまま車に乗っていたら……。想像しただけで、小便が漏れそうになる。

「行くぞ」ハリーが私の腕を引き、歩き出した。

「だ……誰か巻き込まれたんとちゃう？」歯がガチガチと鳴って、うまく喋れない。

「安心しろ。車はちゃんとつぶれたスーパーの前に停めた。あの道は人通りが少ない。これでも食って、落ち着け」ハリーが、フリスクをケースごと渡してきた。

「な、な、なんで爆弾が？」

ハリーが、退屈そうにアクビを嚙み殺した。「気にするな。よくあることだ」

シャレにならない。爆弾で死ぬぐらいなら、ドバイで奴隷になったほうがマシだ。

「よくあることって、どういう意味なんよ！」私はフリスクをアスファルトに投げ捨てて、言った。

「おれの命を狙ってる奴がいるってことだ」ハリーが眠たそうな目で、耳の穴をほじりながら答えた。

目の前で爆発が起こったというのに、何だこの余裕は？　肝が据わっているにもほどがある。

「誰に狙われてんのよ？」

「知らん。数えていたらキリがないからな」

ヤバい……。この男は、ヤバすぎる。

私には、《世良公子の十のルール》がある。今まで、男どもから散々金を搾り取ってきたのに無事でこられたのは、そのルールを頑なに守ってきたからだ。

《世良公子の十のルール》の其の三には《危険人物に近づくほど、幸せから遠ざかる》と、書かれている（十五の夏、大学ノートに筆ペンで書いた）。

「私、この仕事から降りるわ」

「いや、お前は降りない」ハリーが、確信に満ちた目で私を見る。

「勝手に決めんといてや！　やってられるか！　なんで私があんたの巻き添えを食わんとあかんのよ！」

私は、ハリーをおいて、反対方向に歩き出した。

「可愛い甥っ子はどうする？　お前を信じて待ってるんだぞ」背中越しに、ハリーが言った。

「好きにすればええやんか。どうせ、血は繋がってへんねんから。私に責任はないわ」私は振り向かず、プラプラと手を振った。

「象はお前のことを母親だと思っているぞ」

ファック！　痛いところを衝きやがって。

私は、立ち止まり、振り返った。ハリーの目は、まだ確信を持ち続けている。

「あんたに何がわかるのよ」

「すべてわかる。俺は魔法使いだ」

「もし……私が死んだら……」その先の言葉が続かない。

「心配するな。象はおれが育てる」

はあ？　ハリーの無責任な発言に、こめかみの血管がブチッと音を立てて切れた。「アンタに何がわかんのよ！」

「お前の経歴は、徹底的に調べさせてもらった。お前が育った児童養護施設のことも、クスリで廃人になった希凜のことも知っている」

私は拳を握りしめ、ハリーの顔面をぶん殴ろうとした。ハリーが、瞬きもせずに私の右手首を摑んだ。

「人を殴る時は、親指を手の中で握るな。痛めるぞ」

クソッ！　女だと思って舐めやがって！

私は、ハリーの股間を狙って右足を蹴り上げた。

「それもダメだ」ハリーが、もう片方の手で、いとも簡単に私の足首を摑んだ。

「離せや！」私は、片足跳びをしながら叫んだ。

「股間蹴りが決まるのは、ドラマや漫画の世界だけなんだぞ。相手が都合よく真正面を向いてくれないと、股間蹴りは決まらないんだ。覚えておくように」

子供をあやすようなハリーの態度に、余計に腹が立つ。

「離せって言ってるやろ！」

私は、左手でハリーの顔を引っ掻こうとした。

ハリーが突然、私の体を離した。勢い余って、アスファルトを転がり、しこたま尾てい骨を打ちつけた。さっき、ベンチで痛めた箇所だ。あまりの痛さに、立つことができない。

「痛いなぁ……こら……」

「離せと言ったのはそっちだぞ」

私は、アスファルトに這（は）いつくばったまま、ハリーを睨みつけた。

「今度、希凜のことを廃人呼ばわりしたら殺すからな」

「ヤク中で更生施設に入れられてる奴が廃人じゃないのか？」

「違う。希凜は必ず復活する……」

希凜は、天満のストリップ劇場で踊り子をやっていた。劇場の支配人と付き合い、象を妊娠した。シャブ中の支配人の影響で、希凜はヤク漬けになった。

……だが、希凜は絶対に帰ってくる。それまで、私が象を守る。

そう自分に誓ったからには、誰にも邪魔はさせない。たとえ相手が、〝魔法使い〟であってもだ。

5

「着いたぞ。今日から、ここがお前の家だ」

ハリーが、目の前の建物を指した。

何よ、これ……。

ライトバンが爆発した芦原橋から、ハリーと四十分かけて歩いてきた。連れてこられたのが、新世界の近くにある《玉ちゃんスーパー》だ。

「ちょっと待ってや……。スーパーの中に、どうやって住めっていうんよ」

《玉ちゃんスーパー》は、大阪市のディープな街には必ずある大型スーパーのチェーン店だ。巨大な黄色い看板が目印で、あり得ないくらいの〝安さ〟がウリだ。多分、全国でもぶっちぎりの安売りだろう。何せ、特売の日には、玉ねぎが一円（お一人様一個限り）なのである。果たして利益が出ているのか、謎だ。しかも二十四時間営業で、深夜ともなると、レジを打っている店員は全員、中国人か韓国人になる。

「このスーパーの上が、マンションになっている」

「はっ？　どこにそんなもんがあるんよ？」

スーパーの上には、とんでもなくデカい看板があるだけだ。

「あの看板の裏にあるんだ。ついてこい」ハリーが、《玉ちゃんスーパー》に入って行った。

どう見ても、住居があるとは思えない。私は、小走りでハリーの後を追った。店内入り口に、大量のジャガイモが積まれている。二十個で百円だ。驚異的な安さだが、そんなにたくさん買ったところで使い道がない。

ハリーは、レジの横にあるエレベーターの前にいた。

「このエレベーターで上がんの？」

エレベーターに乗り込むと、三階までボタンがあった。ハリーが、《3》のボタンを押す。

「こんなマンションに、誰が住んでんの？」

「まともなマンションに住めない奴らさ」ハリーが、肩をすくめる。

エレベーターを降り、ハリーは301号室のドアに鍵を差し込んだ。

「おかえり！　公ちゃん！」

ソファの上で、動物図鑑を見ていた子供が顔を上げた。

「アンタ……何、やってんのよ？」私はアングリと口を開けた。

甥っ子の象が呑気に手を振っている。

「見たらわかるやん。本読んでんねん」象が、テーブルの上にあるペプシを飲んだ。他にもケーキやスナック菓子がずらりと並んでいる。

私は、ハリーを睨みつけた。「こんな部屋に閉じ込めてたん？」

２ＤＫで、テレビ、ソファ、ベッド、タンスと一通りの家具が置かれてはいるが、驚くほどカビ臭く、しかも、窓がない。

「言っておくが、俺は閉じ込めていない。なあ、坊主？」

「うん。意外と快適やで」象がポテトチップスの袋を開けた。

「象！　やめなさい！」私は部屋に上がり、ポテトチップスを奪い取った。

「なんやねん。ケチくさ」象が小さな頬をプクリと膨らます。

「本当の母親みたいだな」ハリーが笑った。「明日の朝九時に迎えに来る。今日はゆっくり寝ろ」ハリーが、部屋のカギを渡してきた。

「いいの？　逃げるわよ」

「好きにしろ」ハリーはスーツの内ポケットから封筒を出し、テーブルの上に置いた。

中には一万円札の束が入っていた。

「……何よ、これ？」

「百万ある。ギャラの前払いだ」

「やった！　めっちゃ金持ちゃん！」象がソファの上で跳びはねた。

「ギャラって、どういう意味よ？」

《世良公子の十のルール》其の二は《目の前の金に飛びつくな》だ。金額が大きいほど、リスクも大きくなる。

「公子。俺と組め」ハリーは、胸ポケットから新しいフリスクを出した。「組みたくなければ、その金を持って、どこにでも逃げればいい」

飛びつくな。焦るな。駆け引きは始まっている。

「あんな寂れた商店街に、そんな価値があるの？」

「俺は、デカイ獲物しか狙わない」ハリーはフリスクをボリボリと嚙んだ。

「私の取り分は？」

「一千万円だ」

象が、口笛を鳴らした。

一千万円の仕事……。

私の最高獲得額は、四千八百万円だ（ターゲットは京都の呉服屋のバカ息子だった）。そのかわり、結婚詐欺は、経費がとんでもなくかかる。相手をきっちりカタにハメ込むために、高級な服や車、マンションまでも用意しなくてはならない。

自分を一流だと思い込んでいる金持ちは、絶対に二流や三流とは付き合わない。結婚となると、なおさらだ。

「経費は、もちろん俺が持つ。この部屋の家賃や食費や交通費もすべて俺が払う」

「仕事の内容は？」

「さっき説明したろ。あの豆腐屋の一人息子と結婚しろ」

「私もさっき言ったわ。一週間じゃ、とても……」

「黙れ。その先は聞きたくない」

象が聞いていたが、話を続けた。象は私の仕事を知っている。『僕にウソつかんとってな』が、母親代わりになる条件だった。

一千万円が丸々入ってくる……。それだけの金があれば、希凜を今よりもマシな施設に移すことができる。施設にはここ二カ月ほど顔を出していなかった。男の職員の態度が横着で非人道的でムカついて、鼻の頭をぶん殴ったら出入り禁止になった。

希凜を早くあそこから出してあげたい。この仕事、受けるべきだ。頭の中ですばやく算盤をはじいた。ただ、問題が一つある。

「象はどうすんのよ？　まさか、ここに住まわすわけとちゃうやろね」

「お前は、バツイチで子供がいるという設定だ」ハリーがテレビの上を指した。

そこには車の免許証、パスポート、健康保険証があった。

「……どうやって、私の写真を用意したんよ？」

免許証とパスポートには、私の写真が使われていた。どれも精巧な作りで、とても偽造しているとは思えない。

「それぐらい猿でもできる。まず、新しい名前を書く練習から始めろ」

「言われなくてもわかってるわ」

偽名を使うときに、一番大切なのは、名前を体に染み込ませることだ。名前を呼ばれたときや、名前を書くときの反応が命とりになることもある。

新しい名前は、《吉田照子》だった。

「その女は事情があって日本にはいない」

「どうせ、帰ってこないんでしょ？」

ハリーは、肩をすくめるだけで答えなかった。詳しくは聞きたくない。ドバイかどこかに送られた女だろう。

象の健康保険証は、《吉田象》となっていた。

「これで大丈夫なの？」

「子供に嘘はつかせたくないからな」

「ぼく、母ちゃんが付けてくれた名前しか、いらんもん」象が、ソファの上で胸を張って言った。

「食料は冷蔵庫に入っている。調理器具も一通り揃っているから、自炊するならしろ。もちろん、外食してもかまわない」

ハリーがキッチンにある炊飯器をポンと叩いた。

「カレー食べたい！」象が手を上げる。「公ちゃん、作ってや！」

「坊主、このお姉ちゃんの名前は今日から照子なんだ」

「あ、ごめん。うっかりしてた」象がペコリと頭を下げる。

ハリーが思わず笑った。「ずいぶんと物わかりがいいな」

「子供には嘘をつかせたくないんとちゃうの？」私はハリーを睨みつけた。

「そうだったな。スマン。許してくれ」ハリーが素直に頭を下げた。

少しだけ、驚いた。あっさりと自分の非を認める大人に会ったのは久しぶりだ。

「おっちゃん、物わかりがいいな」象が、キシシッと笑った。

「それじゃあ、帰るとするか」ハリーが玄関のドアを開けた。「仲良くしろよ。親子なんだからな」

「元から仲いいで。たまにケンカするけどな」象が言い返す。

ハリーは笑みを浮かべ、去っていった。

「大丈夫だった？」私は象に駆け寄った。

私と象がヤクザたちに拉致されたのはほんの半日前だ。

「まあ、僕じゃなかったら一生のトラウマになってたやろうな」象が、偉そうに腕を組む。

五歳にしては肝が据わりすぎている。

よく見ると、象の手首に縛られた痕が残っていた。

「……ごめんね」私は、泣きそうになるのを我慢して、頭を下げた。

もし、象の身に何かあったら、希凜は躊躇なく自殺するだろう。希凜のためにも、私は象を守らなければいけない。

「珍しいな。公ちゃんまで物わかりがいい」象が、またキシシッと笑った。

「また間違ったな。今日から、私は照子やで」

「わかってるよ。二人だけのときぐらいええやんか」象がソファから飛び下りた。「ぼく、お腹空いたわ。はよ、カレー作ってや」

「足りない材料は下のスーパーで買わなあかんね」

私は冷蔵庫を開けた。玉ねぎ、セロリ、ニンジン、ナスビ、ジャガイモ、鶏肉とS&Bのカレー粉があった。ホールトマトとヨーグルトまである。

……さすが、魔法使いだ。


「よっしゃ！　完璧や！」

私は味見のスプーンを持ったまま、振り返った。

一時間後、チキンカレーが完成した。

「ぬおおお」象が、両手をグルングルンと回して喜ぶ。

「その変な喜び方をやめろって言ってるやろ」私は、カレーを皿によそいながら言った。象は興奮すると、雄叫び(おたけ)びを上げる。

「やったぜ！　ベイビー！」象が椅子の上に立ち、オシリを振る。

「こらっ！　座りなさい！」

「なあ!?　おかわりしていい!?」

「食べてから言いなさいって！　座れ！」

象を無理やり椅子につかせ、「いただきます」をした。

「熱いからゆっくり食べや」

象は私の忠告を無視して皿にスプーンを突っ込み、大口を開けてカレーを放り込んだ。

「ぬおおお、うめえええ！」象が、スプーンを持つ手をグルグルと回す。

コイツ、わざと明るく振る舞ってるな。象は、子供のくせに空気を読みすぎるときがある。カレーは、我ながら素晴らしい味だった。結婚詐欺師になるため、料理はかなり研究し、特訓した。《世良公子の十のルール》の其の六に、《男を落としたければ、胃袋を攻めろ》がある。カレー、シチュー、オムライス、肉じゃが、ハンバーグ、チャーハンなどのたいていの男なら好きな基本メニューは猛特訓を積み重ねた。フライパンの振りすぎで手にマメができたほどだ。

今夜のカレーは甘口だ。本来なら辛口にするのだが、象にあわせた。冷蔵庫の隅にあった蜂蜜で味を調整した。

「公ちゃんは、こんなに料理の達人やのに、何で結婚せえへんの？」象が口の周りをカレーだらけにして訊いた。

「仕事で何回もしてるからな」

象が偉そうな顔して腕を組む。「人を本気で好きになったことがないんやな。どや？　図星やろ？」

「やかましい」

象と二人だけで過ごす時間は、何よりも私を癒す。結婚詐欺師にだって母性はあるのだ。

カレーを食べ終え、風呂に入り、象と一つのベッドに潜った。象は、動物図鑑で得た知識をペラペラと喋っていたが、五分もしないうちに鼾（いびき）をかいて寝はじめた。身も心も疲れ果てていたのだろう。

私は眠れなかった。今日、一日で色々なことがありすぎた。本来ならドバイにいるはずだったが、今は西成にいる。

これを最後にしよう。結婚詐欺師なんて仕事からは足を洗う。私は強く心に誓った。象を預かっている身として、いつまでも犯罪に関わっているわけにはいかない。

「ママ……」象が寝言で呟いた。

胸が張り裂けそうになる。象はやっぱり、希凜と暮らしたいのだ。

そういえば、希凜の作るカレーはめちゃうまかった。ただ、具にいつもシュウマイを使うのは理解できなかった。そのくせ、グリンピースが大嫌いで、いつもスプーンですくって私のお皿に放り込んできた。

希凜……今、何してるんだろ？

わかっているくせに。やせ細った体で涎（よだれ）を垂らしながら、ドラッグのことばかり考えてるんだよ。

私はもう一人の自分の声を、頭から追い払った。今は、シュウマイカレーの思い出だけでいい。

シュウマイカレーのことを考えているうちに、眠気が訪れた。

6

「よく眠れたか？」

ハリーが、マグロの刺身にワサビをひとつまみ載せ、訊いた。

「めっちゃ寝たで！　夢の中でライオンに追いかけられてんけど、僕のほうが足速かってん！」象が白身魚のフライをかじる。

翌朝——。午前九時ぴったりに、ハリーは私たちのマンションのインターホンを鳴らした。

「朝飯を食うぞ」と、木津卸売市場の場内にある食堂に連れてこられた。

アサリの味噌汁をすすった。な、なんだ？　めちゃくちゃうまい。貝のじんわりと広がる滋味に、目が覚める。

「うまいだろ？」ハリーが、私を見て得意げに笑う。

「フライも、爆裂うまいで！」象が白身魚のフライにかぶりつく。

爆裂なんて言葉、どこで覚えたのか。

象は魚フライ定食、ハリーは刺身定食、私は焼魚定食だ。

「サバ、焼けたよ」小太りの中年男が、私の前にサバの塩焼きを置いた。「ご飯、どうします？　大？　中？」

「大で」思わず、大盛りを頼んでしまった。まったく食欲はなかったのだが、味噌汁で胃が温まったのと、ジュウジュウとサバの焦げ目からにじみ出る脂の香りに、唾が溢れそうになっていた。

「兄ちゃん、ご飯、大」小太りの中年男が、カウンターの中で魚を切るガリガリに痩せた中年男に言った。この人、全然似ていないが、どうやら、兄弟のようだ。

サバの身をほぐし、まず、何もつけずに食べる。思わず立ち上がりそうになるうまさだ。脂が甘い。ご飯をかきこみたくなる。早く、ご飯を。ご飯を持ってきて欲しい。

「今日は、豆腐屋の息子とデートしろ」

ハリーの命令にサバを噴き出しそうになった。

「い、いきなり？　順序ってものがあるやん」

「今日、豆腐屋の息子が店を休む日だ。一日中パチンコを打っている」ハリーが、マグロの刺身を醤油に少しだけつけた。

いくら暇だからといって、昨日ビンタされた女とデートするとは思えない。

象が、じっとマグロを見ている。

「坊主、食うか？」

「うん！」

ハリーが、象のご飯の上にマグロを載せた。

「うおおおお！」象が雄叫びを上げながらマグロとご飯をかきこむ。

「どんな形でもいい。とにかく田辺勘一（かんいち）を誘うんだ。いいな？」

「わかった。デートすればええんやろ？」せっかくのサバが美味（おい）しくなくなってきた。

「ただし、条件がある」

「何よ？」イライラしてきた。いつも一人で仕事をしているだけに、他人に指示されるのには慣れない。

「象も連れて行くんだ」

「ぼく？」象がキョトンとして丼から顔を上げる。

「無理に決まってるやろ！」

私の大声に、食堂の客たちが箸を止めた。食堂は狭く、客は私たちを含めて十人もいなかった。

「象は、お前の一人息子という設定なんだ。一緒にいてもおかしくない」ハリーは声を抑えて言った。

「そういう問題とちゃうねん……」私は箸を握りしめた。

「やった！　公ちゃんの仕事を手伝える！　ぼく、暇やってん」象が、呑気に喜ぶ。

「アカンで。象は一人でお留守番しとき」

「嫌や！　僕かて活躍したいわ」象が駄々をこね、私のシャツを引っ張った。会話の内容を知らない人が見たら、無邪気な子供を窘(たしな)める母親にしか見えないだろう。

象に、私の仕事をしている姿を見せたくなかった。結婚詐欺は、ターゲットの男を洗脳するのが仕事だ。色っぽい催眠術師と言ってもいい。そのためには、子供の前ではできない非常手段をとることもある。

私は箸の先でハリーの顔を指した。「私のやり方でやらしてもらう。口を出さんとってくれる？」

「ダメだ。あくまでも、監督はおれだ。お前たちは役者に徹しろ」ハリーが、マグロに、ちょびちょびとワサビを載せ出した。

「やった！　僕のなりたいもの第三位は役者やねん！」象が両手を上げた。

「そうか」ハリーが優しく微笑みかける。「坊主の好きな役者は誰だ？」

「カツシン！」

「カツシン？」

「勝新太郎や！」

「ずいぶんと渋いな」ハリーが苦笑する。

希凜は、昔の勝新太郎の大ファンだった。赤ん坊だった象をあやしながら、『座頭市』や『兵隊やくざ』『悪名』などを観ていた。

「なりたいもの第二位は何だ？」ハリーが、またマグロを象のご飯の上に載せる。

「動物園の飼育係！　ゾウとキリンにエサをあげるねん！」

「第一位は？」

「ヤクザ！」

食堂中の客が凍りついた。

ストリップ劇場で育った象は、出入りするヤクザたちに随分と可愛がられた。薬漬けになった希凜を救い出したのも、あるヤクザだった。

「とにかく、象は絶対に連れて行かへんからね」私は強い口調で言った。

「じゃあ、象はどこに置いておく？」

「玉ちゃんスーパーの上のマンション」

そこしかない。私が前に住んでいた部屋は使えない。〝ボン〟こと門田組の組長の息子、門田大成が合い鍵を持っている。この状況で顔を合わせて、事態をややこしくしたくない。

「いいのか？　あのマンションは訳ありの住人しかいないぞ。確か、お前の隣に住んでいるのは、幼児誘拐の前科を持つ男だ」ハリーが、試すような目で私を見た。

「ご飯、大、お待ち」

小太りの店員がテーブルに丼を置いた。私たちが言い合いをしているのもおかまいなしだ。

「昨日な、ぼく、ヤクザに誘拐されてトランクに乗せられたで！」

象の発言に、さらに食堂の空気が凍りついた。何人かの客が、まだ食べている途中だというのに席を立つ。

クソッ。ハリーは痛いところを衝いてくる。たぶん、隣の住人のことはハッタリだろうが、象を一人にはできないのも確かだ。

この男の表情はいまいち読みにくい。私と同じ、無数に嘘をついてきた証拠だ。

「わかった。象も連れて行けばいいんやろ」仕方なく、条件を呑んだ。

「素直でよろしい」ハリーが、勝ち誇った顔で頷く。

私は、大根おろしに醤油を垂らし、ほぐしたサバの身と一緒に口の中に放り込んだ。サバの旨み(うま)が口の中で小爆発を起こした。

どれだけムカついていても、美味いものは美味い。大盛りのご飯をヤケクソでガツガツとかきこんでやった。

7

午前十時三十分――。《キララ九条商店街》に着いた。

「まず、ランチに誘え」運転席のハリーが念を押してくる。

「うるさいなぁ。好きにやらせてや」私は舌打ちをし、助手席のドアを開けた。「行くよ、象」

「ラジャー！　公ちゃん隊長！」象も後部座席から車を降りる。

「坊主、お前の母ちゃんは照子だぞ」

「わかってるって！　ぼくに任せんかい！」象は両手でピースを作り、尻をぶんぶん振った。

……絶対にわかってない。

ハリーが携帯電話を投げてきた。「ランチの店に入ったら、一度連絡を入れろ」

「何よ、この電話？　自分のケータイがあるねんけど」

「俺たち専用の電話だ。１のボタンを押せば、勝手に俺の電話につながる」

「便利やね」

ここのとことん管理下に置くつもりだ。私は、嫌味ったらしく鼻を鳴らした。

「ぼくのは？」象が、物欲しそうな目でハリーを見る。

「坊主のは、これだ」ハリーが、キラリと光る物を投げた。象がキャッチしそこね、カラカラと地面を転がる。

金色のジッポーだった。

「何、これ？」象が拾いあげる。

「俺の宝物だ。やるよ」

「ぼく、タバコ吸わへんで」

「当たり前やろ！　何歳やと思ってんねん！」思わずツッコミを入れる。

ハリーが胸ポケットから、フリスクを出しシャカシャカと振った。「俺も吸わない。禁煙して一週間だ」

「こんなん、もらってもええの？」象の目が爛々（らんらん）と輝く。

「譲る奴を探していた。どうせなら、本物の男にあげたい」

「お世辞、うまいなー！」象が、顔を真っ赤にして、体を反らす。

まいった。ハリーは、完全に象の心を摑んでいる。男同士のツボがあるのだろう。悔しいが、私にはわからない感覚だ。

「坊主、そのライターを持ってると、奇跡が起こるんだ。絶対に、手放すんじゃねえぞ」

「〝キセキ〟って何？」象が、キョトンとした顔で言った。変な言葉は知っているくせに、わからない言葉も多い。

「ありえないぐらい、すげえってことだ」

「魔法みたいなもん？」

「そうだ。魔法だ。がんばれよ、坊主」

ハリーは、キザったらしく象にウインクをし、車で走り去っていった。今日の車は、タクシーだ。もちろん運転手はいない。〝魔法〟とやらで手に入れたのだろう。

象は、目を輝かせながら、ジッポーの蓋をカチャカチャと鳴らした。

「危ないからポケットにしまっときな」

「なんで危ないの？」象が、ジッポーに釘付けのまま訊く。

「火がつくからやの」

言ってるそばから、火がついた。

「ぬおおおお！」

「早く消しなさい！」

「うわっ。ぼくってすごい……」

感動している象に、思わず噴き出しそうになる。五歳児にとっては、ジッポーで火をつけることも大事件なのだ。

象がカシャンと蓋を閉め、火を消した。

「ぬおおおお！　消えたあああ！」またもや、感動している。

「ええかげんにしなさい」私は、象の首根っこを摑み、商店街の中に入っていった。

朝早いからか、昨日よりは人が少ない。昨日会った金物屋のおばちゃんが私を見つけて会釈をしてきた。どうやらニヤニヤ笑っているように見える。

「タコ焼きがあるでぇ！　うどんもある！」象が、商店街をジグザグに走る。「大きい商店街やなあ！」

たしかに、希凜と象が住んでいた街の商店街よりは大きい。ただ、シャッターが下りた店も多く寂れているのは否めない。

まだ時間が早いからか、ほとんどの店が開いていなかった。余計に寂しい気持ちになる。

「ママ、今日のお昼はタコ焼きにしようや」私の腕に象が抱きついてきた。〝ママ〟と呼ばれ、胸が締めつけられるように痛い。

ふと、施設にいる希凛を思い出した。成人用のおむつをしながら、虚ろな目でベッドに横たわる姿だ。

切り換えろ。プロだろ。幼い象も息子を演じている。私も母親になりきるんだ。

「いい子にしてたら考えてあげる」

私は、象の頭を優しく撫でた。

長年、結婚詐欺師をやっているが、スロットにハマッている男を落とすのは初めてだ。

私は、目の前の男をまじまじと眺めた。

カンちゃんと呼ばれていた豆腐屋の一人息子は、真っ赤に充血した目で、スロットの台を愛しく撫でている。

「たのむでぇ。今日こそは勝たせてくれよお」

信じられないが、真横に立っている私に、まったく気づいていない。ほうっておけば、スロットの台にキスでもしかねない様子だ。

とりあえず、声をかけるしかない。相手の出方を見てから作戦を決めよう。

私は、カンちゃんの肩を軽く叩いた。

「すいません。お話があるんですけど」

「うわぁ」カンちゃんが大げさにビクリと反応し、椅子からずり落ちそうになった。

そんなに驚かなくても……。この男、どれだけ視野が狭いのだろうか。

「あっ。昨日の……」カンちゃんは、私の顔を憶えていた。

当たり前だ。ビンタまでされて憶えていなければ、記憶力にかなり問題がある。

「吉田照子といいます」私はさっそく新しい名前を使った。

「はあ」カンちゃんがポカンと口を開ける。

なんて、間抜けな顔なんだろう。

たしかに男という生き物は間抜けだ。これまで数々の間抜け顔を見てきた。が、この男の顔は確実に三本の指に入る。

「少し、時間をもらってもいいですか？」

私は瞳を潤ませてカンちゃんをじっと見つめた。

どうよ？　この攻撃は⁉　この瞳を見れば、どんな男でもいても立ってもいられなくなるはずである（アクビを我慢するだけだが）。

「えっ？　あ、ああ……」カンちゃんが、しどろもどろになって周りを見た。

よしっ。効いてやがる。私は心の中でガッツポーズをした。

午前中だというのにそこそこ客は多い。常連客らしい中年の男が、カンちゃんを見てニヤリと笑った。

「なんや、カンちゃんに恋人ができたってのはホンマやったんやな」

私の全身を舐めるように眺め、鼻の下を伸ばしている。これが普通の男の反応というものだ。少し、自信を取り戻した。

それにしても、噂が広がるのが早い。さすが商店街。コミュニケーションが抜群なのだ。たぶん、金物屋のおばちゃんが言いふらしでもしたのだろう。

「ちゃ、ちゃいます！　こ、恋人とかちゃいますよ！」カンちゃんが慌てて否定する。

常連客が、私と手をつないでいる象に気づいた。「しかも、未亡人かいな」

「ミボージンって何？」象が、私に訊いた。「宇宙人みたいなもん？」

「小学校の高学年ぐらいで習うやろうから、今は知らんでいい」

カンちゃんが、私たちのやりとりを見て呆然としている。

「あの……僕に何の用ですか？」

「私のこと思い出してくれました？」

ぐっとアクビを呑み込み、さらに瞳をキラつかせる。

「いや、それが……昨夜(ゆうべ)、一晩中考えたんですけど……」カンちゃんがバリバリと頭を掻く。

「……人違いじゃないですかね？」

「そうなんです。人違いでした」私は、あっさりと答えた。

「やっぱり？　そうなんや！　よかった……」途端に、カンちゃんの表情が緩む。

「ビンタしちゃったから謝らなくちゃと思ってきたんです。ご馳走しますんで、お茶でもしませんか？」

「お、お茶ですか？」

カンちゃんの顔が、あからさまに引きつった。横目でチラチラとスロット台を見る。

おい、おい……。こんな美人が誘ってるのに、まだギャンブルをやりたいのか？　いいかげんにしろよ、てめえ。

「この台……今日出そうな気がするんですよね……」完全に中毒だ。

「ママ、お腹へってきたー」象が、私の腕を引っ張る。「へった！　へった！　へった！」

他の常連客たちが露骨にムッとする。駄々っ子ほど腹が立つものはない。象のファインプレーだ。

「じゃあ、近くの喫茶店でも行きますか……」

カンちゃんが、名残惜しそうにスロットの前から離れた。涙ぐんでいるようにも見える。

……この男、落ちないかも。思わず弱気になってしまう。

象が、慣れ慣れしくカンちゃんの尻を叩いた。

「ギャンブルは身をほろぼすで。トータルでは必ず負けるようにできとるさかい」

誰だ？　こんな知識を教えた奴は？　おそらく、ストリップ劇場で育った環境が、象をませたガキにしたのだ。

「すごいね、君」

カンちゃんが、顔を真っ赤にして象を見た。

パチンコ店から十メートルほど歩いた場所に、《本格焙煎珈琲（コーヒー）　ポポハウス》はあった。

「ここでいいですか？」

カンちゃんは、こっちの返事を聞かずに、店のドアを開けた。さっさと終わらせたいオーラが滲（にじ）み出ている。

カランコロンと懐かしいドアベルの音が鳴った。

「あれ？　いらっしゃい。珍しいね、こんな時間に」

アメリカ国旗のバンダナに、立派な口髭を蓄えたマスターが、カンちゃんを見た。隣の私と見比べてニンマリと笑う。どうやら、昨日のビンタ事件は、商店街中に広まっているらしい。

それにしても、バンダナが似合っていないマスターだ。年齢は五十代の半ばぐらいだろうか。バンダナだけが、この喫茶店の中で浮いている。

私たちは、店の一番奥のテーブル席に案内された。カウンターで、二人の中年の男の客がスポーツ新聞を読みながら、ニヤニヤしている。

「コマさん、ナベさん、おはよう」カンちゃんが手を振った。

「ああ、おはようさん」でっぷりと太った緑のポロシャツの男が言った。

「今日は、スロットは打たへんのか？」ミイラのようにガリガリに痩せた男が愛想良く笑う。キッチンコートを着ているところを見ると、洋食屋さんだろうか？

二人とも、ゆうに四十歳は超えている。どっちがコマさんかナベさんかわからないが。

私たちは、モーニングのセットを頼んだ。ドリンクはメニューから自由に選べる。カンちゃんはアイスコーヒー。私はアメリカンのホット。象はオレンジジュースにした。

私は、喫茶店を観察しながら言った。昭和の匂いがする。全国に何万軒とあるが、どんどん姿を消しているタイプの内装だ。

ただ、マスターの背後のカウンター棚は圧巻だった。大きめの透明な瓶に詰められたコーヒー豆が、これでもかというほど並んでいる。世界中の豆でも揃えているのだろうか？さすが《本格焙煎珈琲》と銘打つだけある。どれだけ美味しいコーヒーが飲めるのか楽しみだ。

とりあえずはカンちゃんと会話だ。

「知り合いが多いんですね」

「この商店街で育ったからね」カンちゃんが、私の目を見ずに答える。「結婚してたときは、よそにおったけど」

えっ？　もしかしてバツイチ？

「おっちゃん、子供おんの？」

象が、いきなり突っ込んだ質問をした。

「い、いないよ」カンちゃんが、無理やり笑顔を作って答えた。

カウンターのナベさんとコマさんがクスクスと笑う。

「だって、今結婚してたって言ったやん！」象が、ムキになってカンちゃんの顔を指す。

「これ、人の顔に指を向けたらアカン」私は、象の手を引っこめた。「結婚してたからって赤ちゃんができるとは限らないやろ」

ナベさんとコマさんが、さらに笑う。感じの悪いオヤジどもだ。

「はい、モーニングお待たせ」トーストを運んできたマスターまでニヤついている。

カンちゃんは、かなり居心地が悪そうだ。さっきから、しきりに貧乏ゆすりをしている。

……やりにくい。男を落とすために一番大切なキーワードは〝自尊心〟だ。どんな男も自尊心さえくすぐってやれば、コロリと落ちる。ただ、この環境ではくすぐろうにも周りの目がありすぎる。カンちゃんを商店街から連れ出さない限り、成功率はかなり低くなる。プライドを傷つけられて拗ねられたら厄介だ。拗ねた男ほどタチの悪いものはない。相手にするだけ時間の無駄だ。

「ママ、これ食べていい？」象がトーストを指した。返事も待たずにかぶりついた。「うまっ！　熱々やで！」

たしかに、香ばしい匂いがする。私もバターを塗って、トーストを一口かじった。

衝撃の美味さだった。パンの焼き加減が絶妙なのだ。サクッと軽い口あたりと、しっとりとした柔らかさが奇跡的なバランスでハーモニーを奏でている。

「ポポさんの焼くトーストは、びびるほど美味いやろ？　ごく普通の食パンを使ってるんやけどな」カンちゃんが得意げに言ったあと、声をひそめた。「いかんせん、コーヒーはマズいねんけどな」

私はコーヒーに口をつけ、むせた。たしかに、衝撃的な不味さだ。猫の小便のような味がする。

「どう美味いやろ？」マスターがカウンターから声をかけてきた。「なんせ、ウチは本格焙煎やからね」

私は無理やり笑顔を作って会釈した。

「あの人、ポポさんっていうの？」象が、マスターを見て笑いを堪える。「なんで、ポポさんなの？」

「知らん。ポポさんは昔からポポさんやから」カンちゃんが面倒臭そうに答える。

なんだ、このまったりとした空気は？　これでは、私の実力が発揮できない。

「今から時間あります？」私は前屈み（まえかが）になり、カンちゃんに胸の谷間を見せつけた。

象が、私の体勢を見て、不思議そうな顔をする。

「ママ、どしたん？　お腹痛いの？」

「別に何でもないよ」私は慌てて背筋を伸ばした。

反射的に色気を使ってしまった。子供の前で使える技ではなかった。肝心のカンちゃんもモーニングのゆで卵のカラをむくのに必死で、まったく私の体に興味を示そうとしていなかった。やっぱり、象を連れての結婚詐欺には無理がある。

「ちょっと、今日は忙しいんです」カンちゃんがゆで卵をむき終え言った。きれいにむけて、満足そうにしているのが、なぜか癪（しゃく）に障る。

「何か大切な用事でもあるんですか？」私はしつこく食い下がった。

「まぁ……色々と」カンちゃんの目が泳ぐ。

「どうせ、スロットしかしないんでしょ？」

こうなったらヤケだ。直球で攻めてやる。

「大きなお世話やな。休みの日に何をしようが僕の勝手やんか」カンちゃんが、途端に不機嫌になった。

「いい年した若者が、スロットしかやることないんか？　彼女は？」

「……そんなもん、おらんわ」カンちゃんが、口を尖らせる。「もう、女にはコリゴリやねん」

よっしゃ。恋人がいるといないとでは、労力に雲泥の差がある。恋人がいる場合は、まず別れさせなくてはいけない。一週間でこの男と結婚しなくてはならないのだ。障害は少なければ少ないほどいい。

「私も夫と五年前に別れたんです」私は下唇を軽く嚙み、不幸な女モードに入った。

色気がダメなら同情で釣ってやる。

「僕が生まれてすぐに別れてんで」象が余計なアドリブを利かす。お願いだから、これ以上、仕事の邪魔をしないで欲しい。

「別れた原因は何ですか？」カンちゃんが、初めて私に興味を示した。

「……酒と暴力とギャンブルです」わざとギャンブルを最後に持ってきて強調する。

「そうなんや。大変やったやろうなぁ……」

「はい。地獄でした。でも、今は縁が切れてスッキリしてるの。こうして、新しい出会いもあるし」私は、とびきりの笑顔を作った。「そっちが別れた原因は？」

カンちゃんが深くため息をつき、言った。

「嫁が結婚詐欺やったんです」

け、結婚詐欺？　私は絶句した。

まさか、同業者にカモにされたあとだったとは……。いきなりハードルが高くなった。振り込め詐欺に引っかかった相手をもう一度同じ手口で騙すようなものではないか。

「めちゃくちゃ可愛い嫁さんやったのにな」カウンターから、太った緑のポロシャツが茶化してきた。

「やめてあげてや、ナベさん。カンちゃんはまだ傷が癒えてないねんから」マスターのポポさんがかばう。なるほど、こっちの太った男がナベさんか。

「たしかに、あの女に騙されるまでは、カンちゃん、真面目に働いとったもんな」ガリガリのキッチンコートが、憐れんだ目でカンちゃんを見た。

「コマさんの言うとおりやで。いくらスロットで稼いだところで傷なんか癒えへん。なんの解決にもならへんがな」ポポさんが、説教口調で言った（で、ガリガリのキッチンコートがコマさんだ）。

「稼ぐどころか、いつもボロ負けやけどな」ナベさんが、さらに茶化す。

「カンちゃん、現実から逃げたらアカンで」

ポポさんの言葉に、ナベさんとコマさんが頷く。

カンちゃんが、無言のまま立ち上がった。顔が青い。肩がわずかに震えている。

「なんや？　ホンマのこと言われてキレたんか？」ナベさんが挑発する。

カンちゃんは、何か言おうとして口を開きかけたが、くちびるをぎゅっと結んで言葉を呑み込んだ。そのままテーブルを離れ、大股で店を出て行った。

「カンちゃんの奴、相当へこんだんちゃうか？」コマさんが心配そうにドアを見る。

「あれでええんや。誰かが言うたらんとな」ポポさんの言葉に、また二人のオヤジが頷いた。

ちょっと！　人の仕事を邪魔すんなよ！

「ごちそうさま！」私は、モーニング代をテーブルの上に置いて店を出た。

「ゆで卵、残ってんのに！」象が泣きそうな声で言った。

「また来てや〜」

ポポさんの声がうしろから聞こえたが、無視だ。カンちゃんを追わなければ。

パチンコ店に向かおうとしたとき、誰かに肩をつかまえられた。

「おい、どこ行くんや。世良公子」

本名を呼ばれ、全身が固まる。その声には聞き覚えがある。

私は恐る恐る振り返った。

額に横一文字の傷が入ったヤクザが不敵に笑っている。

門田組の若頭、石嶺(いしみね)。私の結婚詐欺を見破った男だ。

8

「誰？　このいかついおっちゃん？」

象が、石嶺を指した。

「おっちゃんはな、正義のヒーローや」石嶺が、口を大きく開けた。笑っているつもりなのだろうが、端から見れば、猛獣が牙をむいているようにしか見えない。

石嶺の迫力に商店街を行き交う人たちが全員、目を合わせないように俯(うつむ)いている。頭は五分刈りのくせに、ピンクのサマーセーターを着ているのがさらに怖さを倍増させている。背はそれほど高くはないが、でっぷりと突き出た貫禄のある腹と、太い眉毛の下の尋常ではないほど鋭い眼光でただならぬ迫力を醸(かも)し出していて、一目で危険人物だとわかる。

「……何の用なんよ？」私は、びびっていることがバレないよう、必死で平静を装った。

「ドバイに送られるはずやったお前が、〝魔法使い〟にかっさらわれたって聞いてな。せっかく沖縄でゴルフしとったのに、飛んできたんや」

たしかに石嶺は真っ黒に日焼けしていた。

「魔法使いの人はハリーって名前やで」象がご丁寧に石嶺に教えた。

商店街で、象だけが、この極道の代表みたいな男に、まったく臆していない。ストリップ劇場で免疫がついているのだ。

「ハリーか」石嶺が鼻で笑う。「映画から取ったんやな」

「そうやで。よくわかったな、おっちゃん」

「クリント・イーストウッドは、わしが一番好きな俳優や」

「誰、それ？」象がキョトンとした顔で言った。

「あん？『ダーティハリー』から取ったんちゃうんか？」石嶺もいかつい顔でキョトンとした。

「ちがうで！『ハリー・ポッター』やで！公ちゃんから聞いたもん！」象がすかさず訂正する。

「何でもええわ。顔を貸さんかい」

「どこに行くんよ？」

組事務所には絶対に行きたくない。息子を騙された組長が怒り狂っている。

「カラオケや」

「はぁ？」私は拍子抜けして、ポカンと口を開けた。「カラオケで何をするのよ？」

「女子高生が待っとるんや。ついてこい」

石嶺が肩をいからせ、ズンズンと歩いていった。


「ここのカラオケや。入れ」

石嶺が、店のドアを開けた。

「ここって……」私は、目の前の看板を見上げた。

《歌えるスナック　ＲＩＫＯ》とある。

「どこがカラオケなんよ。思いっきり、スナックやんか」

「スナックって何？　お菓子もらえんの？」象がはしゃぐ。

「ええから、黙ってついてこんかい」石嶺が、強引に私たちを店に押し込んだ。

セーラー服を着た女子高生が、マイクを持って立っていた。眉間に皺を寄せ、カラオケの画面を睨んでいる。集中しているのか、私たちが入ってきたことに気づいていない。

唐突に、長渕剛の《とんぼ》のイントロが流れてきた。女子高生にしては、あまりにも渋すぎる選曲だ。

女子高生が歌い出した。恐ろしくドヘタでひっくり返りそうになる。合唱部のソプラノのような声だが、音とテンポがズレまくりで、声だけが妙にデカい。明らかにカラオケ慣れしていないのがわかる。

「変な子やなぁ」象が笑いながら女子高生を指した。

街でよく見かける、いわゆる女子高生とは何かが違う。腰までのストレートの黒髪に、付け睫（まつげ）じゃないのに長い睫。小鹿のような愛くるしい顔をしているが、目の奥にゆるぎない力が見える。背筋をシャンと伸ばして歌う姿は凛（りん）としていて、なぜか目を離すことができない。

「桜（さくら）！」

石嶺が叫んだ。

女子高生は急に顔を真っ赤にし、リモコンでカラオケを消す。

「いつからそこにいたのよ」

「ずっと、おったがな」

「ありえない……」

「はよ、自己紹介せんかい」

女子高生は、耳まで顔を赤らめ私を見た。

「初めまして。五十嵐桜です」

「……世良公子です」

「世良象です！」象が、元気よく手を上げる。

スナックの従業員はいない。私たちだけだ。

「この女子高生、こう見えても天才やぞ」石嶺が得意げに言った。

「何の天才なんよ？」

「この子もサギ師やねん」

「はあ？」私は、ポカンと口を開けて桜を見た。

歌を聞かれたのがそんなに恥ずかしかったのか、桜の顔はまだ赤い。

「お姉ちゃんも結婚サギ師なん？」象が無邪気に訊く。

桜の顔色が変わる。呆れた顔で肩をすくめた。

「私はサギ師なんかじゃない。ペテン師よ。そこ間違わないでくれる？」

「一緒やん」私は思わず言った。

「あのさ」桜が大げさにため息をつく。「私には、美学とプライドがあるんだよね。結婚サギなんて五流の仕事とは、何から何まで違うの」

さすがにカチンときた。こんな小便臭いガキにムキになりたくはないが、五流とまで言われて黙っているわけにはいかない。

私は、ツカツカと桜に歩み寄った。

「何よ？　やる気？」桜が腕を組み、私にガンを飛ばす。

ビンタもしくはパンチで泣かしてやろうか。髪の毛を引っ張って、商店街中を引きずり回してやるのもいい。

「ナメとったらアカンぞー！」いきなり、象がすっとんきょうな声で走ってき、桜のスカートをめくり上げた。純白のパンティがのぞく。

「キャッ」桜が短い悲鳴を上げ、慌ててスカートを押さえた。

「おっ。朝からラッキーやがな」石嶺が、鼻の下を伸ばす。

「何すんのよ！　チビのくせに！　早くも色気づいてんの？」桜が象を怒鳴りつけた。

「公ちゃんの悪口言うお前が悪いんじゃ！　ブス！」

桜が鼻で笑う。「残念ね、おチビちゃん。私、全然ブスじゃないし」

「チビって言うな！　歌へタ女！」

これには傷ついたのか、桜が泣きそうな顔になる。

「チビ！　チビ！　チビ！」

「ヘタ！　ヘタ！　ヘタ！」

完全に子供同士のケンカだ。

「よっしゃ。そこまでや」石嶺が笑いながらケンカを止めた。「そろそろ本題に入ろか」

「何が目的なんよ？」私は、石嶺と桜を交互に見た。ヤクザと女子高生。怪しすぎる組み合わせだ。

「決まっとるがな。魔法使いを倒すんや」

「ちょっと待ってや。話が全然見えへんねんけど」

私は、一人で勝手に興奮している石嶺に言った。

「どうやって倒すん？　パンチ？　キック？　それともビーム？」象が横から茶々を入れる。

「アイツはウチの組長もびびるほどの大物や。相手にとって不足はない。わしは、敵が強ければ強いほど燃えるんや。昔、マイク・タイソンってメチャクチャ強いボクサーおったやろ？　わし、アイツが来日したとき、本気でケンカを売りに行ったんや」石嶺の鼻息がますます荒くなる。

「……マジで？　それでどうなんったん？　まさか勝ったと……」

「戦う前に警備員にとめられた」

桜が、冷たい目で石嶺を見る。

「そもそもハリーは、一体何者なんよ？　わけわからんうちに、こんな商店街に連れてこられてんけど」

私が質問すると、石嶺の代わりに桜が口を開いた。

「アイツは生きる伝説よ。誰も本当の正体を知らないわ」

「ゴルゴ13みたいなこと言わんとってや」

そういえば、ハリーが、自分はベトナム人とのハーフだと言っていたが、あれも嘘なのかもしれない。

「世界で三本の指に入る詐欺師って言われてるわ。狙ったら最後、どんな鉄壁なガードをしていても、奇跡的としか思えないような手腕で、信じられない額の大金をかすめとることができるの」

「えらいホメようやん」私は思いっきり鼻で笑ってやった。そんなマンガみたいな話があるわけがない。

「分厚い金庫の中にあろうが、虎の檻の中にあろうが関係ないの。魔法使いはすべてを奪って消えてしまう」

桜が真顔で私を見た。決して大げさに言っているようには見えない。

「あるヤクザが魔法使いをドラム缶にコンクリ詰めにして大阪湾に沈めたんやけど、次の日焼き鳥屋のカウンターで、そのヤクザの隣に座って生ビールを飲んどったらしいわ」

石嶺が得意げに続ける。こっちの伝説は嘘くさい。

「とにかく」桜が石嶺を睨みつけて言った。「魔法使いが、この商店街を狙ってるの。ありえないほどの金がどこかにあるわ」

「ありえないってどれぐらいの額なんよ？」

桜と石嶺が顔を見合わす。

「奴らが絡んでるっちゅうことは、一千万や二千万のはした金ではないやろな」

「最低でも一億円以上はあると思う」

信じろというほうが無理だ。こんなしょぼくれた商店街にそんな大金があるわけない。

「ねえねえ、一億ってすごいの？」象が私の腕を引っ張った。「タコ焼き何個買える？」

「四十万個は買えるど」石嶺が代わりに答える。

「そんなに食べられへんやん」象が真剣な顔で言った。

「おもろいガキやのう。将来、お笑い芸人になったらどないや」石嶺が豪快に笑う。

「嫌や！　僕はヤクザになるねん！」

「ほう」石嶺の太い眉毛がピクリと上がった。「何でヤクザになりたいんや」

現役の人に面と向かって……。冷や汗が出る。いくら子供とはいえ、怖いもの知らずにもほどがある。

「だって、かっこええやん！」

石嶺が顔をほころばせる。

「よっしゃ。おっちゃんの弟子にしたろ」

「やったあ！」象が跳び上がる。

「本気にすんな！」私は象の首根っこを摑んで入り口へ引っ張っていった。

「わしは本気やぞ」

石嶺が、ドアの前に立ちはだかる。

「別に帰してもいいんじゃない。わたしも結婚詐欺師なんかと組みたくないもん」桜が、カラオケ本のページをめくりながら言った。

「アンタ、さっきから何調子こいてんの？　ナメとったらシバキ倒すよ」私は、カウンターに座る桜に近づいた。

「まあ待てや」石嶺が私と桜の間に割って入る。「この子が結婚詐欺師を嫌うのにはわけがあるんや。桜、公子に話してもええか？」

「勝手にすれば」

桜は立ち上がり、スナックを出て行った。

「何よ、あの子……偉そうに」

「桜の父親は結婚詐欺師に破産させられたんや」

「……マジ？」

「ああ。お前といい勝負のすこぶるええ女や。男やったら誰でも引っかかる」

石嶺が、さも可笑しそうに笑う。

「その女、今は塀の中におるけどな」

「ドジ踏んで捕まったん？」

「桜が引導を渡したんや」

「どういうこと？」

あの少女が、結婚詐欺師を警察に引き渡したというのか。

「あの子は天才やって言うたやろ？　一年前、レイカっていう結婚詐欺師の女との騙し合いに勝ったんや」

「あ、そう」私は、わざとそっけなく答えた。

桜には、昔の私と同じ匂いがする。一人で生き抜いていくために、世の中のすべてと戦ってきたあの頃の私と。

生意気なガキだが、また会って話をしたい気もする。

「ぼく、お腹ペコペコやわ」象が泣きそうな声で言った。

しまった。完全に、豆腐屋の一人息子のことを忘れていた。今、私のパートナーはハリーだ。目の前のヤクザではない。

「どや、わしらと組まへんか？」

「お断りするわ。誰と組むかは自分で決める。私は誰にも媚(こ)びへんねん」

《世良公子の十のルール》の其の一だ。

「ハリーと組むのはやめとけ。アイツは、お前が思ってるよりも危険な男やど。武闘派でブイブイいわしてる門田組があっさり手を引くんやで。冷静に考えて物言えや」石嶺が食い下がる。

「門田組が引くのに、あんたは引かへんの？」

「さっきも言うたやろ。わしは強い相手にケンカを売りたいねん」

「さすが、ヤクザや！」象が、尊敬の眼差(まなざ)しで石嶺を見た。

「コラコラ、わしにも名前があるんや。それにお前は弟子やろ。師匠って呼ばんかい」石嶺が笑顔で答える。

「わかりました！　師匠！　これからもよろしくお願いします！」象が、礼儀正しく頭を下げる。普段の象ならありえない。

「落語家ちゃうねんから……」私は、皮肉を込めて呟いた。

「ハリーは今回のギャラをなんぼ出すって言ってるねん？」

「一千万！」象が勝手に答える。

「こっちは、その倍出す。いや、三倍でどうや？」石嶺が、じっと私を見る。

「ハリーを裏切れって言うの？」

「昨日、初めて会った男やろ？ 裏切るも何もない。あいつも詐欺師や。騙されるほうが悪いねん。ちゃうか？」

たしかに、そのとおりだ。

「すごい！ さすが師匠！」

象が目をウルウルさせて石嶺を見る。

何を心酔してんだ、このガキは？

「なんやったら、ハリーから一千万円取った後に騙せば、四千万円の儲けやけど」石嶺がニタリと笑う。

「よっ！ 師匠！ かっこいい！ 悪代官みたい！」

「こらっ。どんな褒め方やねん」石嶺が調子に乗る象を睨む。

四千万円。その分、ハードルも高い。世界的な詐欺師（石嶺によると）のハリーを敵に回さなければいけない。

勝てるだろうか。全身がムズムズと落ち着かない。

「戦いたいんやろ？」象が私の顔を覗き込んだ。「公子ちゃん、負けず嫌いやもんな」

象の表情が母親の希凜とそっくりで驚いた。口癖まで、まったく同じだ。

「覚悟を決めろ、世良公子。わしらと一緒に勝負しようや」石嶺が、右手を差し出してきた。

「考えとくわ」

私は握手をせず、スナックを出た。

「なんでなん！　せっかく四千万円入ってくるチャンスやのに！」象がうしろから追いかけてくる。

《世良公子の十のルール》の其の十は、《誰も信じるな》だ。

結局、その日は豆腐屋の一人息子のカンちゃんとランチはできなかった。

象とタクシーで日本橋まで出て、老舗（しにせ）の洋食屋に入る。

「何を頼んでもええの？」象がメニューにかぶりつきながら言った。

「好きなの食べてええよ。ハリーから前金もらったし」

象の鼻の穴が膨らむ。ここぞとばかり、食べまくる気だ。

象はハンバーグ定食、私はAランチを注文した。

Aランチとは、この老舗の洋食屋の看板メニューで、エビフライ、白身魚、ハンバーグ、ハムとライスがついて千二百円と、ボリュームの割にはかなりお得だ。

「そっちのほうがええやん！」象が叫んだ。

カウンターからハンバーグを焼く音が聞こえる。

懐かしい匂いだ。この店には希凜とよく来た。希凜はいつもコーンポタージュとオムライスを頼んだ。

「あれ？　公子ちゃん、なんで泣いてんの？」

泣くつもりはなかった。勝手に涙が流れていた。この店に通っていたときは、まだ希凜は元気だった。踊り子の仕事でチップが多かった日にはよく私を連れてきてくれた。

こうやって象と向かい合って座っていると、希凜との思い出が洪水のように溢れてくる。

「ゴメン。ちょっとだけ……」

「ええよ。好きなだけ泣いたらええやん」象が紙ナプキンを差し出した。

「キザなガキやな」私は泣きながら笑ってしまった。

「僕は男やからな」象がハリーからもらったジッポーを出した。誇らしげな顔でカチャカチャと蓋を鳴らす。

四千万円あれば、希凜の生活は随分と助かる。希凜が無事にヤク物を断ち切れたとしても、その後仕事につけるかどうかはわからない。金は一円でも多くあったほうがいい。

石嶺が言ったとおり、覚悟を決めなければいけない。

「そんなに悩んでんの？　公子ちゃんらしくないわ」

「私らしくないって、どういう意味よ？」

「だって、希凜ママがよくボヤいてたで」象が悪戯（いたずら）っ子のようにニンマリと笑う。

「何てボヤいてたんよ？」

「公子のやることはムチャクチャやって」

テーブルにハンバーグ定食とAランチが運ばれてきた。象が歓声を上げたが、私は体が固まった。

そうだ。私の売りはムチャクチャなアイデアとムチャクチャな行動力だ。

もし、あの商店街にとんでもないお宝が隠されているならば……。

「どうしたん？　食べへんの？」

「食べるよ」私はエビフライにフォークを突き刺した。

ハリーだけでなく、石嶺と桜も騙す。商店街に隠されている大金を独り占めするのだ。

毒を食らわば、皿までだ。バリバリとかじってやる。

第二章　一九九〇年一二月　大阪

9

「ハムちゃーん！　ハムちゃーん！　どこにおんのー！」

ウチは、喉が痛くなるほど大きな声で公子ちゃんを呼んだ。

公子ちゃんの〝公〟の字をふたつに分けたら〝ハム〟になる。ウチが付けてあげたあだ名だ。今ではみんなハムちゃんのことをそう呼んでいる。

「ハム子！　ええかげんにせえよ！　九時から『なるほど！　ザ・ワールド』が始まるねんよ！　せっかく楽しみにしとったのに！　もし観れんかったら、アンタのせいやからね！」

ウチの手を引っ張って歩く園長先生がガミガミと怒鳴る。

園長先生の名前は、世良鏡子（きょうこ）。五十歳になるおばさんだ。親に捨てられたウチらを育ててくれている。

「コラッー！　ハム子！　シバくでー！　出てこんかーい！」

園長先生は怖い。ウチらが悪いことをすれば、どでかいそろばんで頭や尻をガンガン殴る。子供だからといって容赦はしない。今も私の手を引きながら、もう片方の手でそろばんを持っている。園長先生がいつもそろばんを持っているのは、お金が大好きだからだ。児童養護施設をやっているのも『もちろん、お金のためやで』とウチらの前で堂々と言う。ウチらは園長先生の金づるなのだ。

公子ちゃんと園長先生は仲が悪い。公子ちゃんは、園長先生のことを〝鬼ババア〟と呼んでいる。今日も晩ご飯のとき、園長先生にそろばんでシバかれ、家出をした。今月だけで三回目だ。

「ハム子め……」園長先生がぐったりとして、自動販売機の横に腰を下ろした。

二時間、恵美須の街を歩いても公子ちゃんは見つからなかった。冬だから少し心配だ。天気も悪く、雨もパラパラと降り始めた。

「園長先生は先に帰っといてや。ハムちゃんはウチが探す」

園長先生がジロリとウチを睨む。

「そうしてくれるか。あんなガキ、もう知らんわ。一時間探してもアカンかったら、もう探さんでもええで」

「うん！」ウチは、遠くで光る通天閣に向かって走り出した。

「希凜！」園長先生がウチの名前を呼んだ。「変なおっさんに気いつけや！　襲われたら金玉蹴るんやで！」

「わかってる！」ウチは走りながら手を振った。

園長先生には教えなかったけど、公子ちゃんの居場所はわかっていた。

ウチは、ビュンビュンと顔に当たる冷たい風に目を細めながら堺筋を走った。こんなに寒いのに、ホームレスのおじさんたちが何人もいる。ウチらみなしごは、世間から可哀そうな目で見られているけど、家があるだけまだマシだ。

交差点を渡り、通天閣本通商店街に入った。ほとんどの店のシャッターが下りているのに、酔っ払いたちがウヨウヨいる。オカマの立ちんぼもいた（〝立ちんぼ〟という言葉は、公子ちゃんが教えてくれた）。

「お嬢ちゃん、どこ行くのー。おっちゃんらと遊んでえなぁ」酔っ払いたちが、走り抜けるウチをからかう。

ウチの服装は、少年野球のウインドブレーカーに、ベルボトムのジーンズ。両方とも、ボランティアの人たちが《世良学園》に寄付してきたものだ。自慢じゃないけど、園長先生に服を買ってもらったことはない。いつも、どこかの誰かさんが着ていた服が強制的に〝お下がり〟になる。本当は、可愛いワンピースやフリルのついたスカートをはきたいけど、「アンタらにかけるお金はないんやで！」と、怒鳴りながらそろばんを振り回す園長先生を見ていたら、とてもじゃないけど文句は言えない。

商店街を抜けた。通天閣の真下に、少女が一人でポツンと立っている。

公子ちゃんだ。ウチに気づき、ピースサインをした。

「やっぱり、ここにおった」ウチは、公子ちゃんに近づいた。

「鬼ババア、怒ってる？」

「うん。めっちゃ怒ってる」

公子ちゃんは変わった子だ。悲しいときは、照れたように笑ってピースサインをする。みんなが怖がっている園長先生に逆らってケンカを売る。ウチみたいな人間を可愛がってくれる。

「しゃあない。帰ったるか」公子ちゃんは、伸びをして歩き出した。

「いつも、通天閣の下で何してんの？」ウチは、公子ちゃんを追いかけながら訊いた。

「内緒や」公子ちゃんが唐突に走り出した。「家まで競走やで！」

酔っ払いたちが、走るウチらにまた声をかけてきた。

「お嬢ちゃん。おっちゃんと結婚してえなぁ」

「ええよ。その代わり、一億円ちょうだい」公子ちゃんが、走りながらやり返す。

「そんな金があったら、こんなとこで飲んでるかい！」

ウチらのうしろで、酔っ払いが叫んだ。

「このクソガキが……」

園長先生は両手にそろばんを持ち、鬼の形相で待っていた。

「ヤバい。二刀流や……」公子ちゃんがウチの横で呟く。

「ハム子、どう落とし前をつけるんや」園長先生がお決まりの文句を言った。

《世良学園》では園長先生が独断で決めた《世良学園の鉄の掟(おきて)》がある。冷蔵庫やトイレのドアや、ウチらの寝室の壁に、掟の書かれた紙がペタペタ貼られている。

《落とし前制度》は代表的な掟のひとつだ。園長先生を怒らせたときに、うまくご機嫌を取ればそろばんでシバかれるのを許される（ただし、成功率は低い）。

「落とし前はこれです」ウチは、通天閣の近くで韓国人が二十四時間営業をしているスーパーの袋を差し出した。

「なんやのこれ？」園長先生が、憮然(ぶぜん)とした表情で袋を覗(のぞ)く。

「プッチンプリンです」ウチは無理やり笑顔を作った。

園長先生はプリンが大好物だ。冷蔵庫には常にストックがある。

「またかいな。アホのひとつ覚えやね」園長先生が鼻で笑う。「ハム子の落とし前やのに、なんで希凜が出てくんの？」

園長先生が公子ちゃんをジロリと見る。

「別にたのんでへんもん」公子ちゃんも負けじと睨み返す。

二人の間に火花がバチバチと散る。やっぱり犬猿の仲だ。園長先生は、紫のパーマ頭に赤色のメガネ。ヒョウ柄のド派手なスウェットをパジャマがわりにしている。対する公子ちゃんは、耳が見えるほどのショートカットで、ボランティアからもらった小豆（あずき）色のジャージーを着ているので男の子みたいだ。

「気にいらんのやったら、一人で生きていけば？　無理してこの家におらんでもええんよ」

園長先生が公子ちゃんを見下ろす。

「好きでこの家に来たんとちゃうわ」

「そうや。駅の公衆便所に捨てられてたんを私が引き受けたったんや。言うてみたら、アンタの命の恩人やな」園長先生が勝ち誇った顔で笑う。

「こんなところに来るんやったら死んだほうがマシやったわ」公子ちゃんが歯ぎしりをして目に涙を浮かべる。

「泣いたところで一円にもならへんで」園長先生が、プリンを手にコタツにもぐり込んだ。

「クソッタレが……鬼ババアめ」

公子ちゃんがウチの上でボヤいた。

真夜中。寝室の二段ベッド。公子ちゃんが上でウチが下だ。

「ハムちゃん、もう寝たら？」

「ムカついて眠れへんねん」公子ちゃんがドンと壁を殴る。

すぐに、向こうの部屋からドンと殴り返してきた。

クギオだ。漢字で書くと、釘男。赤ん坊の頃、パチンコ屋の駐車場に捨てられていた。もちろん、園長先生が命名した。ウチと公子ちゃんよりも一つ年上の小学五年生で、ドラえもんのスネ夫を百倍いけずにしたような嫌な奴だ。

「うるさい！」公子ちゃんが、さらに壁を殴る。

公子ちゃんはクギオを目の敵（かたき）にしている。つい一昨日（おととい）も取っ組み合いの喧嘩をしたばかりだ。

《世良学園》は浪速区の恵美須町にある一軒家だ。園長先生と、五人の子供が暮らしている。小学生がウチと公子ちゃんとクギオ。中学生の赤太郎（赤十字病院に捨てられていた）と高校生の教介（教会に捨てられていた）だ。子供たちの寝室は、二階の二部屋を男子と女子とで分けている。

「今に見てろや……」公子ちゃんが、またボヤき出した。「絶対にあの鬼ババアを見返したる」

「どうやって？」ウチは公子ちゃんのボヤキに付き合うことにした。このままでは寝てくれそうにない。

「鬼ババアよりも金持ちになってやる。百万円の札束で往復ビンタしてやるねん」

ウチは噴き出してしまった。想像しただけで笑えてしまう。もし、本当にそんなことが起きたら、園長先生はどんな顔をして、どんな言葉を口にするだろう。

「でも、どうやってお金を稼ぐの？」

《世良学園の掟》に《甘えていいのは高校生まで》とある。高校卒業と同時に自立しなくてはいけない。もちろん、大学のお金なんて出してくれないから、学園から出て行った先輩たちはみんな就職した。

いい大学を出ないといい仕事につけない。アホのウチでもそれぐらいはわかる。

「女の武器を使う」公子ちゃんがドスの利いた声で言った。「めちゃくちゃいい女になったるねん」

ウチは必死で笑いを堪えた。

公子ちゃんは学校でも男子に馬乗りになって殴るほど男勝りだ。服装も年がら年中、ジャージーを着ている。

「今、笑うの我慢したやろ？」公子ちゃんがウチの気配を察して言った。

「ごめん」正直に謝る。

「バツとして手伝ってや」

「えっ？　何を？」

「だから……私がめっちゃいい女になるようにやん」

公子ちゃんの声が照れている。きっと、顔も赤くなっているだろう。

「でも、ウチも全然かわいくないし、モテへんし、いい女のなり方なんてわからへん……」

「私よりはマシやろ？」

たしかに、と言おうとして止めた。怒りの矛先がこっちに向かってきたら面倒臭い。

ウチら二人は同じクラスで、とことん浮いている。《世良学園》の子供たちは苛められることを覚悟しなければならない。残酷な小学生にとって、孤児は格好の標的だ。ボランティアでもらえる服を、ダサい、キモいと言われるのは日常茶飯事。上履きや縦笛を隠されるくらいは当たり前。公子ちゃんなんか、頭から牛乳をかけられたこともある。

その仕返しとして、公子ちゃんは給食の熱々のカレーをいじめっ子の頭にかけた。《世良学園の掟》の第一条は《やられたら十倍にしてやり返せ》だ。

そんな絶望的な学校生活を送るウチらが、どうやればモテモテのいい女になれるのか、まったく想像なんてできなかった。

「ハムちゃんが思ういい女って、たとえば誰？」とりあえず訊いてみた。

「……オードリー・ヘップバーンとマリリン・モンローを足して二で割った感じかな」清純派なのかセクシー系なのか、さっぱり的が定まっていない答えが返ってきた。

「ウチら小学生やで」

「今すぐになるわけちゃうやん！　あくまでも目標やろ！」公子ちゃんがムキになる。

「せめて宮沢りえや西田ひかるにしようや」

「どっちが宮沢で、どっちが西田よ？」

「どっちでもいいよ！　で、なんで名字呼び捨てなん!?」

どちらともなく笑い出した。夜、二段ベッドの上と下でしょうもない話をするこの時間が、ウチは一番好きだ。

「ウチらホンマの姉妹みたいやな」ウチは嬉しくなって言った。

10

翌日の放課後。

ウチと公子ちゃんは担任の濱田先生に職員室に呼び出された。

「お前ら、今日の授業中の態度は何や？」

濱田先生のあだ名はうどんだ。きつね顔なので、最初は〝きつね〟と呼ばれていたのが、〝きつねうどん〟に変化し、その次に〝うどん〟になった。もちろん、あだ名を付けたのはウチだ。

「すいませんでした……」ウチはしおらしく謝った。

公子ちゃんはブスッとしたまま何も言わない。

「なんか文句あるんか？」うどんが細い目で公子ちゃんを睨む。

公子ちゃんはうどんを嫌っている。うどんは成績がいい生徒や金持ちの子をあからさまに贔屓（ひいき）するからだ。

公子ちゃんがいつまで経（た）っても返事をしないので、うどんは職員室中に響きわたるような声で、大げさにため息をついた。

「すいませんでした。悪いのはウチらです」ウチはもう一度謝った。うどんは、一度怒り出すとねちっこく、説教が永遠に続く。

今日、ウチと公子ちゃんは五時間目の国語の授業で居眠りをしてしまった。昨日の夜、二段ベッドで朝まで《公子ちゃんをいい女にする大作戦》を話し合っていたので、ほとんど睡眠を取らなかったせいだ。午前中の授業はなんとか踏ん張ったけど、給食を食べた後は、どうしても眠気を我慢できなかった。

「すいませんで済んだら警察いらんねん」

出た。うどんの決まり文句。小学生の居眠りに、警察は関係ないと思う。

「この件については、もう終わったんじゃなかったでしょうか？」公子ちゃんが、わざと馬鹿丁寧な言葉で返す。こういうところが、大人を怒らせる原因だ。

「まだや。勝手に終わらすな」

「なんでですか？　私と希凛は廊下に立たされて罰を受けたじゃないですか？」

「あんなもん罰のうちに入るか！」うどんが出席簿でバシッと机を叩いた。

ウチは大きな音に体をビクンと震わせた。

「さらに新しい罰があるんですか？」公子ちゃんが訊いた。

「そうや」うどんがいやらしい顔でニタリと笑う。「今からお前らの家を家庭訪問する」

「嫌です！」公子ちゃんがキッパリと言った。

「何でや？　家に来られたら困ることでもあんのか？」うどんが、ただでさえ細い目をさらに細くさせる。

「ないけど嫌なんです！」公子ちゃんは譲らない。

ウチも公子ちゃんも《世良学園》を〝家〟だと思ったことはない。あくまでもウチらが住んでいるだけの場所だ。園長も母親ではない。ただの身元引受人で、ウチらを育ててくれて感謝はしているけど愛してはいない。

　そもそも、ウチらは〝家族愛〟がどういうものなのか、どんな温かさなのか、どんな喜びなのか、どんな幸せなのか知らない。

　だから、誰にも《世良学園》に来て欲しくない。たとえ、担任の先生でもだ。あの空間に他人が混じると、一気に不幸度がアップする。ウチらがとても惨めな気持ちになるのだ。

「公子、お前に決定権はないんや」うどんがタバコをくわえ火を点けた。「大人の言うことを素直に聞け」

　公子ちゃんが顔を真っ赤にしてプルプル震え出した。マズい。クラスの男子をボコボコにするときの顔だ。

「ハムちゃん、アカンで。我慢して」ウチは、小声でささやき、公子ちゃんの手を握った。

「ん？　何を我慢するんや？」うどんが机の灰皿を手元に引き寄せた。うどんはヘビースモーカーだ。灰皿に吸殻が山のように積まれている。

「先生、家庭訪問に来てもらってもええんですけど、せめて別の日にしてもらえません？」

ウチはこの場を丸く収めるため、妥協案を提案した。日を改めれば、公子ちゃんも冷静になれる。

「今日や」うどんがウチらに吹きかけるようにタバコの煙を吐いた。「お前らは『ハイ、わかりました』と返事すればええねん。なんぼアホでもそれぐらいのことは言えるやろ」

「やかましいんじゃボケ」公子ちゃんが呟いた。

「何やと？」うどんの細い眉毛がピクリと動く。

「こんな学校辞めたるわ！」

公子ちゃんは灰皿を取り、うどんの頭に吸殻をぶっかけた。

「な、なにやってんの！　ハムちゃん！」

ウチは、思わず叫んでしまった。

うどんは、頭を灰だらけにして呆然としている。あまりにも突然の出来事に言葉が出ないみたいだ。うどんだけではなかった。職員室にいる先生たち全員が、あんぐりと口を開けて公子ちゃんを見ている。

次の瞬間、公子ちゃんが真横に吹っ飛んだ。うどんがフルスイングのビンタで殴ったのだ。

「教師に何てことするんや」うどんが震える声で言った。

公子ちゃんは職員室の床にうつ伏せで倒れたままピクリともしない。

ウチは、うどんに飛びかかって顔面を引っ掻いてやろうと思ったけど、膝がガクガクして動けなかった。

「こらっ！　いつまで寝とんねん！　さっさと立たんかい！」うどんが、公子ちゃんを無理やり立たそうとした。

公子ちゃんは口から血を流し、白目をむいて失神していた。

「アカン！　脳震盪（のうしんとう）や！」うどんの向かいの席にいた先生が叫んだ。「救急車呼んで！」

病院に運ばれても、公子ちゃんの意識は戻らなかった。

病室には、ウチとうどんがいた。うどんは口を一文字に結んだまま何も喋ろうとしない。

病室のドアが開いた。

「希凜。何があったの？」

園長先生が入ってきた。さすがに、そろばんは持っていない。

ウチはチラリとうどんを横目で見た。うどんが、突然、膝をつき、おでこを床につけた。

「この度は、わたくしの教育がいきすぎてしまい、まことに申し訳ございませんでした！」

土下座だ。しかも、クラスの担任が園長先生に。ウチは見てはいけないものを見ているようで、胸がドキドキした。

「先生、頭を上げてくださいな」園長先生が優しい声で言った。

それでもうどんは頭を上げようとはしない。

園長先生がウチを見る。微笑んではいるが、目が怖い。

「ハムちゃんが家庭訪問を嫌がって……灰皿を……」説明しようとしたが上手くできなかった。

「家庭訪問？」園長先生が土下座をしているうどんの後頭部を見る。「私に何か話があったんですか？」

ようやく、うどんが顔を上げた。

「はい……。実は、クラスの給食費が盗まれたんです」

「盗まれた？」園長先生が、眉間に皺を寄せた。

「……そうなんです」うどんが、ベッドで寝ている公子を見る。

「まさか、公子が盗んだんですか？」

「まだ本人に確認したわけやないんですけど……他の生徒が目撃したって言うんです」うどんが立ち上がった。「そのこともあって、公子ちゃんについ手を……」

うどんが肩をすくめた。顔では反省しているが、完全に公子ちゃんに責任をなすりつけている。自分が殴ったのは、公子ちゃんが問題児だからしかたなかったんだと言わんばかりだ。

「希凜は知ってたの？」園長先生がウチに訊いた。

慌ててウチは首を振った。公子ちゃんがそんなことをするはずがない。たしかに公子ちゃんの行動は破天荒だけれども、それは曲がったことや汚いことが許せないからだ。

「ご存知だとは思いますけど、公子は赤ん坊の頃、駅の公衆便所に捨てられていました」園長先生が、うどんに話を始めた。

「そうだったんですか……」うどんの顔が曇る。学校の全員、ウチらが孤児だと知っているが、名前の由来までは知らない。

「公子をここまで育てたんは私です。もし、公子がホンマに人様のものを盗ったんであれば、私に責任があります」園長先生が強い口調で言った。

「お気持ちはわかりますが……」うどんが、いじわるそうに目を細めた。「責任を取るのは本人しかできません」

「いいえ。私が責任を取ります」園長先生は頑として譲らない。

「たとえ、世良さんが盗まれた給食費を弁償してくれたとしても、決して公子ちゃんのためには」

「ちょい待ち」園長先生がうどんの言葉を遮った。「なんで、私がお金を払わなアカンのよ」

「……えっ……いや……今、責任を取るとおっしゃったので」うどんが戸惑う。

「私は公子のために、ビタ一文払いません」園長先生が宣言するように言った。

「いや……でも……保護者ですよね？」

「保護？　誰がそんなことしますかいな！　金を稼ぐために預かってますねん。うちの子たちは私の飯のタネや」園長先生が、口から唾を飛ばして反論した。

突然、公子ちゃんがガバッと起き上がった。

「鬼ババア！　どんだけ金が好きやねん！」

「ハ、ハム子！　アンタ、目が覚めとったんか！」園長先生が驚いた顔で怒鳴った。

うどんも同じように目を丸くしている。

「ずっと、お前らの会話を聞いとったわ！」公子ちゃんが偉そうに言った。

公子ちゃん、芝居してたんだ……。目を見ればわかる。さっきまで失神していた人間の目じゃない。公子ちゃんはうどんに仕返しするために気絶したフリをしていたのだ。

「アンタだけは……もう……」園長先生が怒りのあまり、歯をガチガチと鳴らした。

「おい、インチキ教師！」公子ちゃんが、ベッドの上で仁王立ちになり、うどんを見下した。

「私が給食費を盗んだやと？」

うどんは、公子ちゃんの迫力に押され、コクリと頷いた。

「いくらや？　コラッ」公子ちゃんがチンピラのような巻き舌で言った。

「えっ？」うどんが間抜けな顔で訊き返す。

「盗まれた給食費はいくらやって訊いとるねん！」

「……十二万円や」

公子ちゃんの鼻の穴が膨らんだ。ピクピクと目の下が痙攣する。

「どうすんねや？」園長先生が、試すような口調で公子ちゃんに言った。

「やったろうやんけ」公子ちゃんがベッドから飛び下りた。

「どこ行くの？」ウチは病室を出て行こうとする公子ちゃんに訊いた。

「金を稼ぎにや」

「でも、ハムちゃんは盗んでないやろ？」

「当たり前やろ」

「じゃあ、なんでそんなことすんの？」

「ムカつくからや」

公子ちゃんの目が真っ赤に充血していた。悔しくて泣きそうなのだ。

「三日後には必ず用意するからな」公子ちゃんが、うどんに向けて三本指を突き立てた。

「お、おう……」うどんが、細い目をパチパチさせて曖昧な返事をした。

公子ちゃんは、最後に園長先生をひと睨みしてから病室を出て行った。

園長先生が嬉しそうに微笑み、うどんに言った。

「これが世良家の落とし前のつけ方や。もし、公子以外に犯人が見つかった時は、ただじゃすまんからな」

「ハムちゃん！　待って！」

病院の駐車場で公子ちゃんに追いついた。公子ちゃんはウチを無視して、ズンズンと大股で歩いていく。

公子ちゃんの歩き姿は、笑ってしまうぐらい背筋が伸びている。クラスの男子は「軍隊の行進や」と言ってからかったが、ウチは公子ちゃんの姿勢の良さは大好きだ。頼もしいし、カッコいい。

「待ってってば！」ウチは公子ちゃんの腕を摑んだ。

「なによ」公子ちゃんがようやく足を止める。

「どこ行くのってば」

「だから、金を稼ぐんやんか」

「アテはあんの？」

公子ちゃんが口を尖らせ押し黙った。小学四年生が三日で十二万円もの大金を稼げるわけがない。

「ウチも手伝う」

「希凜は関係ないやろ。疑われてるのは私やねんから」

ウチは、激しく首を振った。

「ウチも世良の家の子やもん。ハムちゃんと一緒でムカついている。ウチらが孤児で貧乏やから犯人にされたんや」

「この一週間でクラスの男子半分をシバいたったからな。その中の誰かが仕返しをしたんやろ」

「ウチらで犯人探しをする？」

今度は公子ちゃんが首を振った。

「男子の奴らはどうでもええねん。私がホンマにムカついてんのはうどんや」公子ちゃんがケンカでもするように指をパキパキと鳴らした。「意地でも金を用意してやる」

「どうやって？」

また公子ちゃんが口を尖らせた。

「何も考えてへんの？」

公子ちゃんがコクリと頷く。

「勢いだけで出てきたん？」

もう一度、頷いた。

ウチは思わず噴き出してしまった。

「なに笑ってんのよ?」口を尖らせたまま、公子ちゃんが、再び歩き出した。

公子ちゃんはいつもめちゃくちゃだけど、それが魅力でもある。誰がなんと言おうと、横にいるウチはワクワクするのだ。

「いいアイデアがあるで!」ウチは公子ちゃんを追いかけながら言った。「パンダのおっさんから金取ろうや!」

パンダのおっさんは学校の近所に出没する露出狂のおっさんだ。目の周りにどす黒い隈(くま)があるのでそんな呼び名がついた。

正体は誰も知らないが、もし会社や家庭があれば金を脅し取れる。

「パンダのおっさん?」公子ちゃんの顔が歪んだ。「……マジで言ってんの?」

「うん。あいつ、ムカつくやろ?」

「そら、ムカつくけど……」

学校の女子のほとんどが被害にあっている。パンダのおっさんは電柱の陰から突然現れ、コートの前を広げるのだ。もちろんコートの下には何も着ていない(運動靴と靴下は履いている)。

はじめはウチらもキャーキャー叫んでパンダのおっさんを喜ばしていたが、最近は無反応だ。もうパンダのおっさんのアソコは見飽きてしまった。

一昨日も、公子ちゃんと二人で登校しているときに出現した。来週から始まる冬休みに何して遊ぼうかをウキウキしながら話していたのに、気分をぶち壊された。

「ゾウさんだよ～」その日のパンダのおっさんは、今までなかったパターンで攻めてきた。なんとアソコの毛を剃って、マジックで耳と目を描きこみ、本当にゾウさんにしてしまったのだ。真冬なので、ゾウの〝鼻〟は縮こまっていた。ウチと公子ちゃんは爆笑した。パンダのおっさんは嬉しいのか悲しいのかわからない顔で走り去っていった。

「どうやって、パンダのおっさんから金を取るんよ？」

公子ちゃんはあまり乗り気ではないようだ。

「脅すねん。あいつにも仕事や家族はあるやろ？」

「あるかな……。あんな変態やで？」

「変態ほど、普段はフツーやねんて！」

公子ちゃんが呆れた顔でウチを見た。「希凜もすごいことを考えるねんな」

「ウチも世良の子やからな」

木枯らしが吹いて、頬がチクチクした。公子ちゃんの鼻も赤くなっている。

公子ちゃんが笑った。「小学生が大人を恐喝か……おもろいやん」

「いいアイデアやろ？」ウチは得意げに胸を張った。いつも公子ちゃんの後ろで金魚のフンみたいにくっついているから、役に立てるのが、とても嬉しい。

「やったろうか！」公子ちゃんが指をポキポキと鳴らした。「パンダのおっさんにはしょっちゅう精神的苦痛をくらってるからな。慰謝料を払ってもらおうや」

11

次の日の朝、ウチらはパンダのおっさんを探すことから始めた。

パンダのおっさんの出現は、圧倒的に朝の登校時間が多い。ウチらは学校の近所にある児童公園で張り込みをした。

「なんで、パンダのおっさんがここに来ると思うん？」ウチは公子ちゃんに訊いた。この場所を選んだのは公子ちゃんの提案だ。

「いくらパンダのおっさんでも、家からあの恰好で来るとは思えへんねん」

パンダのおっさんの基本的なスタイルは、ロングコートに靴下と靴だけだ。よく見れば、不審者だとすぐにわかる。

公子ちゃんが、児童公園の隅にある公衆便所を指した。「ずばり、あそこで着替えてるんとちゃうかな？」

なかなか、鋭い。たしかに、この公園は通学路から近い。でも、ウチは公子ちゃんと違う考えだった。「ウチはパンダのおっさんは車で移動してると思う」

「それはないな」公子ちゃんが却下した。

「なんで、わかるん？」ウチはムキになって訊いた。車のほうが着替えやすいし、何より逃げやすい。

「だって、通学路は一方通行が多いやろ？　それに狭い道ばっかりやし。パンダのおっさんにしたら車で逃げるにはリスクが高すぎると思うねん」

なるほど。そう言われれば、納得してしまう。公子ちゃんは頭がいい。成績がウチと変わらないのが不思議なくらいだ。

「じゃあ、いつも走って逃げてるの？」ウチは、首を捻った。パンダのおっさんは、足が速そうには見えない。

「たぶん、自転車かバイクやと思う。で、この公園に止めて、着替えるねん」公子ちゃんの目は確信に満ちて爛々と輝いていた。

「さすが、公子ちゃんや」ウチは素直に感心した。公子ちゃんと一緒なら、どんな強敵が相手でも勝てるような気がする。

「これ、飲み」公子ちゃんが、ポケットの中から缶コーヒーを出した。「さっき、公園の裏で買ってん」

「どうしたん、これ？」

貧乏なウチらは自動販売機でジュースを買うなんて贅沢はできない。

公子ちゃんが悪戯っ子のような顔になった。

「うどんの奢りや。昨日、職員室でしばかれて病院に運ばれるとき、どさくさに紛れて頂いてん」

公子ちゃんの手には革の小銭入れがあった。

「うどんから盗んだん？」

ウチは呆れて、公子ちゃんの顔を見た。

「そうや。治療費や」公子ちゃんは、まったく悪びれずに言った。「でも、給食費は盗んでへんで」

公子ちゃんの凄いところは、決してやられっぱなしでは終わらないところだ。クラスの男子に殴られても倍にして返す。

公子ちゃんからもらった缶コーヒーを一口飲んだ。甘すぎるミルクコーヒー。熱い液体が喉を通り抜け、ウチの体を温める。

「美味しいな」公子ちゃんも飲み、笑った。

そのとき、バイクのエンジン音が聞こえてきた。

「来た！　隠れろ」公子ちゃんが、公衆便所の裏に回り込む。

ウチも転びそうになりながら、公子ちゃんの後ろにくっついていった。

エンジン音が止まった。

公衆便所の陰からそうっと覗くと、公園の入り口にピザの配達のバイクが停まっている。

ずんぐりとした男がシートから降りて、ヘルメットを脱いだ。

「パンダのおっさんや……」公子ちゃんが、声をひそめて言った。

公子ちゃんの予想どおり、パンダのおっさんはバイクで移動していたのだ。ピザ屋の制服を着ているので違和感がある。

ピザ……。クラスの男子が食べたことがあると自慢していた。もちろん、貧乏なウチらには無縁な食べ物だ。

「ラッキーや。仕事がわかったで……」公子ちゃんがニタリと笑う。獲物を狙う獣の目になっていた。

パンダのおっさんは、バイクの足元に置いてある大きなボストンバッグを抱えると、公衆便所に向かってきた。ウチらは慌てて首を引っ込める。

心臓がバクバクしてきた。ロングコート姿のパンダのおっさんは間抜けに見えたけど、ピザ屋のパンダのおっさんは、ちゃんとした大人に見える。ウチらみたいな小学生に、大人が倒せるのだろうか？

「今や！」公子ちゃんが、バイクに向かって走り出した。

「ま、待ってよ！」ウチは泣きそうになりながら追いかけた。おしっこをちびりそうだ。

公子ちゃんが、バイクに駆け寄り、後部座席のボックスを指した。

《キャプテン・ピザ天王寺店》と書いてあった。

「よっしゃ！　逃げるで！」

ウチらは猛ダッシュで公園から離れた。パンダのおっさんの職場がわかった以上、長居は危険だ。

ウチは走りながら後ろを振り返った。ちょうど、パンダのおっさんが公衆便所から出てきたところだった。いつものロングコートに着替えている。

パンダのおっさんがこっちをじっと見ているような気がした。怖くなってウチは一目散に走った。一度も立ち止まらずに学校まで走った。苦しくてゲロを吐きそうだ。公子ちゃんも、ぜいぜい言いながら両手を膝についている。

登校してきた生徒たちがジロジロとウチらを見る。

「さっそく、今日の夕方に勝負をかけるで」公子ちゃんが息を整えながら言った。なんだか、よくないことが起きる予感がしてきた。それほど、公衆便所にいたパンダのおっさんの雰囲気は不気味だった。

でも、ウチはそのことを公子ちゃんに言えずにいた。

その日の夕方、ウチと公子ちゃんは天王寺に向かった。電車を降りて、駅前の歩道橋を渡る。弾き語りのミュージシャンたちが怒鳴り声のような歌でギターを掻き鳴らし、うるさい。わざわざ、歩道橋の上でやらなくてもいいのに。

ウチは天王寺が嫌いだ。赤ん坊の頃、天王寺動物園のキリンの檻前で拾われたせいで、〝希凜〟なんて変な名前になった。

天王寺には、たまに園長先生に連れて来られる。激安の中華料理屋があって、世良学園の誰かが誕生日のときは、そこでお祝いをするのだ。

女子高生たちがやたらと歩いていた。みんな短いスカートに、ダボダボのルーズソックスをはいている。公子ちゃんは、すれ違いざまに「パンツ見えてるやんけ」と悪態をついた。

ウチは女子高生たちが羨(うらや)ましかった。可愛いし、お洒落(しゃれ)だし。貧乏のウチらにはお洒落という言葉は禁句だ。それに、彼女たちは、小学生のウチらと比べて圧倒的に〝大人の女〟だった。

早く大人になりたい。大人になって、一人で暮らしたい。

公子ちゃんがタウンページで住所を調べていてくれたおかげで、《キャプテン・ピザ天王寺店》はすぐに見つかった。

あべの筋を南に向かって歩き、《あべのベルタ》を越えて左に折れた。小さなマンションの下に《キャプテン・ピザ》はあった。

ウチらは少し離れた雀荘の看板に隠れながら、パンダのおっさんが現れるのを待った。

三十分ほど経ったとき、聞き覚えのあるエンジン音が聞こえてきた。

「やっと来たか。待たせやがって」公子ちゃんが、看板から顔を覗かせる。

パンダのおっさんが、《キャプテン・ピザ》の前にバイクを停めた。ヘルメットを被ったまま、小走りで店の中に入っていく。

「行くで」公子ちゃんがズンズンと大股で歩き出した。いきなり、店の中に突っ込んでいくつもりだ。

「だ、大丈夫？　他のスタッフもおるやん」ウチは不安になって訊いた。

表から見る限り、《キャプテン・ピザ》にはピザを焼いている人が一人、他の配達員が一人いた。

「だから、ええねん。他の人間がおったほうが駆け引きをしやすい」

小学生でそんなセリフを言うのは公子ちゃんぐらいのものだろう。

《キャプテン・ピザ》の目の前に来た。緊張しすぎてクラクラする。とてつもなく、いい匂いがした。看板には、《海鮮いっぱいの海賊ピザ！》とある。魚介類とトマトソースとチーズが焼ける匂いだ。口の中に唾が溢れてくる。

「邪魔するで」公子ちゃんが何の躊躇(ためら)いもなく、店のドアを開けた。ピザの匂いが、さらに強くなる。出来上がったばかりのピザがカウンターの上に置かれていた。

「いらっしゃいませ」胸に海賊の絵が入ったエプロンをつけているスタッフが笑顔で挨拶をしてきた。「お持ち帰りかな？」

公子ちゃんが首を横に振る。

「ここは宅配専門だからお店では食べられないんだよ」もう一人のスタッフが、釜からピザを出しながら言った。

「ピザを食べにきたんとちゃう。あの人に用事があるねん」公子ちゃんが、店の奥の休憩スペースを指した。

タバコを吸っていたパンダのおっさんが、ゆっくりと振り返った。

「ウガジンさんに？」スタッフが不思議そうな顔をする。

パンダのおっさんの左胸に《宇賀神》と書かれた名札がついていた。イメージと違う名前なので変な感じだ。

「お嬢ちゃんたち、僕に何の用かな？」宇賀神が、タレ目をさらに垂れさせて微笑んだ。

ウチは、全身の毛穴がブワッと開いた。逃げたい。ここから逃げ出したい。

「話があるねん。顔貸してや」公子ちゃんが、腕を組んで言った。まるで、今から喧嘩でもしそうな勢いだ。

「……何の話かな？」

「おっちゃんの趣味の話や」

その言葉を聞いても、宇賀神は微笑んだままだった。

「なるほどね」宇賀神が左の耳たぶを触った。「それは話し合ったほうがいいな」

「一体何の話なん？」他のスタッフたちが興味津々で、宇賀神を見る。

「僕、竹馬づくりの名人なんだ」宇賀神が、スタッフたちに笑ってみせた。

明らかな嘘だ。子供のウチでもわかる。

「竹馬？　宇賀神さんが？」

しかし、他のスタッフたちは嘘に気づいていない。

「この前、小学生の男の子たちに作ってあげたら評判になってね。まさか、女の子たちが訪ねてくるとは思わなかったけど」

どこまで白々しい言葉だ。大人は嘘が上手くて、気持ち悪い。吐きそうになる。こんな大人にだけは絶対なりたくない。

「宇賀神さん、ちょうどよかったじゃない。あと、十分ほどでシフトの交代だから先に上がってもいいよ」ピザを焼いていたスタッフが言った。

「いいのかい？」宇賀神が、もう一人のスタッフを見た。

「いいよ、いいよ。女の子たちを待たせたら可哀そうやし。タイムカードを押しといたるで」もう一人のスタッフが、できたてのピザを箱に詰めながら言った。

「では、お言葉に甘えまして」宇賀神が笑みを浮かべ、更衣室へと入っていた。

「お嬢ちゃん、竹馬が好きなんか？」ピザを焼いているスタッフが、ニコニコと愛想良く訊いてきた。

ウチは引きつった笑顔で頷いた。公子ちゃんは、眉間に皺を寄せた顔のまま、更衣室を睨んでいる。

「まさか宇賀神さんに、そんな趣味があるとは思わんかったわ」

「人は見かけによらへんからな」公子ちゃんが、刺々（とげとげ）しい口調で言った。

五分後、スーツに身を包んだ宇賀神が更衣室から出てきた。あまりにも似合っていないスーツ姿に、ウチと公子ちゃんは唖然とした。

「びっくりしたか？」ピザを焼いているスタッフが言った。「宇賀神さんは将来、弁護士になる人やからな」

「これから、弁護士事務所に行かなアカンねん。まだ、見習いの身やけどな」宇賀神さんが、わざとらしく胸を張った。「司法試験に合格するまではただのアルバイトや」

「どこで、話する？」公子ちゃんが、宇賀神に訊いた。

「どこでもええよ。僕の家が近いから、そこでしよか」

12

「ここが僕の家や」

宇賀神が、目の前のマンションを指した。《キャプテン・ピザ》から、歩いて十分ほどの距離にある小綺麗なマンションだ。

「生意気なとこに住んどるな」公子ちゃんが、宇賀神に聞こえないように呟く。

「あんまり片づいてないけど遠慮せずに上がってな」

宇賀神が、スタスタとマンションに入っていった。

「行くで、希凜」公子ちゃんがついていこうとする。

ウチは慌てて、公子ちゃんの腕を摑んだ。「ホンマに行くの？」

「どうしたん？　チャンスやんか」公子ちゃんが、眉をひそめる。

「だって……いくらなんでも、部屋に入るのは危険すぎへん？」

こっちは二人でも、相手は、露出狂の変態だ。

「部屋にでも入らん限り、あいつは罪を認めへん。ピザ屋の同僚の前で金を払うか？」

……公子ちゃんの言うとおりだ。それに、ウチらも恐喝という犯罪をする以上、人目がないほうがいい。だけど、やっぱり怖い。大人が本気で向かってきたら勝てるわけがない。

「もし……宇賀神が襲いかかってきたらどうすんの？」

「そんときはこれや」

公子ちゃんが、体を横にして、マンションの入り口からは見えないように、ジャージーのポケットからバタフライナイフを出した。

「な、なんでそんなもん持ってんの？」

「クギオから借りてきてん」公子ちゃんが、得意げにナイフをカチャカチャと鳴らす。「どう？　うまいやろ」

「危ないって！」

クギオが学校でいじめられているのは知っていた。パチンコ屋の駐車場で拾われて名前が〝釘男〟では、誰だっていじめられる。名前でいじめられるのは、世良学園の子の運命だ。最近、護身用にナイフを買ったと威張っていた。それだけ、クギオに対するいじめがエスカレートしてきたということだ。

「これで脅したら、宇賀神もびびるやろ」公子ちゃんは自信満々だ。

ウチは、その自信が逆に怖いと思った。

「やっぱり、やめたほうがええんちゃう？」

「弱気になったらアカン。ここが勝負や」公子ちゃんが、バタフライナイフをジャージーのポケットに戻した。

「わかってるけど、部屋に入るのは……」

「アイツを油断させるねん。私らよりも力が強くて頭が賢い相手を倒すのはそれしかない」

公子ちゃんが、下唇を嚙んだ。

たしかに、三日間で十二万円なんて大金を用意するためには、普通のやりかたじゃダメだ。

「おーい、早くおいでよ」

宇賀神が、マンションのエレベーターホールから手を振った。相変わらず、気持ち悪い笑顔を浮かべている。

「国語の時間に習ったやろ？　虎穴に入らずんば何とかや」

公子ちゃんが、小走りでマンションに入っていった。その小さな背中がとても逞しく見えた。

宇賀神がエレベーターのドアを開けたままウチらを待っていた。

エレベーターに乗り込み、ドアが閉まった瞬間、宇賀神が呟いた。

「僕がピザ屋に勤めていることを誰かに言った？　お父さん、お母さんや学校の先生に……」

「私たちは孤児や。親はおらん」公子ちゃんが、吐き捨てるように言った。「先公も嫌いやから何も言ってない」

「ふーん」宇賀神が、ますます目をタレさせて微笑んだ。

顔も気持ち悪いが、臭い。エレベーターの中に、汗とタバコの臭いが充満している。口からもニンニク臭がした。気を緩めると吐きそうだ。

宇賀神が、エレベーターを降り、一番手前の部屋のドアに鍵を差した。

「ここが僕の部屋だよ」

ドアが開いた。嫌な空気が部屋の中から漂ってくる。まるで、魔界の入り口みたいだ。

公子ちゃんが、無言のまま部屋に入っていった。続いて、宇賀神が入っていく。

ウチは足がすくんで動けなかった。

「君はどうするの？」宇賀神が振り向いて、ドアノブを持ったまま言った。

ウチは、足だけではなく心も固まってしまい、何も答えることができなかった。

「じゃあ、ここで待ってなさい」

宇賀神が、ドアを閉めた。中からチャリとチェーンがかかる音がした。

ど、どうしよう……。

膝がガクガク震えて、おしっこが漏れそうになってきた。

公子ちゃんが一人で宇賀神の部屋に入っていったのに、何もできなかった。ウチは裏切り者だ。

どうしよう、どうしよう、どうしよう、どうしよう、どうしよう。

涙が出てきた。公子ちゃんを助けなきゃ。でも、どうすればいいのかわからない。焦りすぎて地団駄を踏んでしまう。

インターホンを押そうとして、指が震えた。怖くて押せない。宇賀神の不気味な笑顔が、さっきから何度も何度も頭の中にちらつく。このまま逃げ出してしまいたい。

こんなんじゃダメだ！　公子ちゃんを助けられるのは、ウチしかいないんだ！

勇気を振り絞ってインターホンを押した。

……鳴らない。何度も連打した。やっぱり、鳴らなかった。

電源が切られてる？

全身の血の気が失せた。クラクラと目眩がする。

どうやって歩いたのかわからないけど、気がつくとウチはマンションの外にいた。大人に助けてもらうしかない。でも、警察や学校の先生に頼むのは無理だ。恐喝をしている公子ちゃんが捕まってしまう。

「どないした、希凜？」

突然、背後から声をかけられて、跳び上がるほど驚いた。

振り向くと、そこに園長先生が立っていた。

なぜ、こんなところにいるんだろう？　急に安心感が押し寄せてきて、ウチはさらに泣いた。

「何を泣いてんねん？」園長先生が、ウチの目をまっすぐに見て言った。

「ハ……ハムちゃんが……」嗚咽が苦しくて、説明が上手くできない。

ウチは、園長先生の視線に恥ずかしさを覚えて俯いた。

「あの男の部屋に入ったんか？」

「……えっ？」思わず、顔を上げた。

園長先生は、マンションをじっと眺めている。

「な……なんで知ってるの？」

「言ったやろ。私はアンタらの保護者や。守る義務があるねん」

園長先生は、ウチの手を引き、マンションの中に入っていった。

「園長先生、ウチらのこと尾行しとったん？」ウチはエレベーターに乗り込みながら訊いた。

園長が頷く。「何かよからぬことを考えとるのがバレバレやったからな」

「でも……顔も合わせてへんのに……」

学校が終わってから世良学園には帰ったが、「ただいま！」と部屋にランドセルを放り込んで、すぐに出かけた。

「そんなもん、声を聞いたら一発でわかるんや」園長先生が、エレベーターの《閉》のボタンを連打しながら言った。

宇賀神の部屋の階に着いた。園長先生の顔が引きつっている。こんな顔の園長先生を見るのは初めてだ。

ウチは一番手前のドアを指した。園長先生が頷く。

「おーい！　開けろ！　このドアを開けんかーい！」

突然、園長先生が大声を出しながら宇賀神の部屋のドアを蹴り出した。かなりの近所迷惑だ。でも、ドアは開かなかった。園長先生がドアに耳をつけて、中の様子を窺う。

「何か、聞こえる？」ウチが訊いても、園長先生はしかめっ面のまま答えない。

「くそったれめ……」園長先生が呟いて、マンションの廊下をキョロキョロと見回した。

「希凜！　あれ持ってきて！」

園長先生が指す方向を見た。奥の非常扉の前に消火器が置いてある。

「はよ！　取ってこい！」園長先生が怒鳴る。

ウチは息を止めて走った。消火器を摑み、Uターンして園長先生の元へと戻る。

「何に使うの？」

「ええから貸さんかい！」園長先生がウチの手から消火器をひったくった。ノズルの先を部屋のドアの郵便受けに突っ込む。

「ハム子を返せ！」園長先生が、消火器のレバーを握った。

ブシュウッと音がして、ドアの隙間から白い煙が出てきた。部屋の中から、叫び声がした。男の声だ。ウチと園長先生は顔を見合わせた。

しばらくして、ガチャンとチェーンロックが開いた。

「何すんねん、クソババア……」

髪の毛が消火器の粉で真っ白になった公子ちゃんが、ドアの隙間から顔を覗かせた。粉が気管に入ったのか、ゴホゴホと咳き込んでいる。

「アンタこそ何やっとんねん、クソガキが」園長先生が、ドアを開けて部屋の中に入っていった。「あの男はどこや？」

公子ちゃんが、リビングを指す。白い煙がもうもうと立ち込め、視界が悪い。

園長先生が、土足のまま部屋に上がっていった。玄関を入るとすぐに小さなキッチンがあるが、すぐリビングになっていた。

「なんで、園長のババアがここにおるんよ？」公子ちゃんが、ウチを睨んだ。

「尾行されてたみたい……」

「マジで？」公子ちゃんが、肩をすくめる。

「……宇賀神に何かされたん？」まともに公子ちゃんの顔を見ることができない。一緒に部屋に入らなかったから、絶対に怒っているはずだ。

「口を塞がれて、乳揉んできよった。こんなペチャパイを触って何が楽しいねん」公子ちゃんが舌打ちをする。

「十二万円の話はしたん？」

「うん。金払えって言ったら、いきなりキレだしよった」

宇賀神の呻き声が聞こえた。ウチと公子ちゃんもリビングへと入っていった。床も家具もところどころ真っ白になっている。

宇賀神はテーブルの横で、股間を押さえて倒れていた。園長先生が、それを見下ろしている。

「ハム子、何をしたんや？」園長先生が訊いた。

「金玉を蹴った」

「よっしゃ」園長先生が満足げに頷く。

宇賀神は全身消火器の粉まみれで、歯を食いしばっている。

「ポケットのもんを出せ」園長先生が、公子ちゃんに言った。「クギオから借りたもんや」

公子ちゃんが、渋々とポケットからバタフライナイフを出した。

その瞬間、宇賀神が跳び起き、公子ちゃんの手からバタフライナイフをもぎ取った。

「ハム子！」園長先生が叫んだ。

宇賀神がナイフの刃を出し、公子ちゃんに襲いかかった。

バタフライナイフが、公子ちゃんの胸に突き刺さった。

「えっ？」公子ちゃんが、びっくりした顔でゆっくりと倒れ込む。まるで、スローモーションを見ているような動きだった。

「あ、あ、あ……」宇賀神が、尻餅をついて床にへたり込んだ。自分のやってしまったことに、放心状態になっている。

公子ちゃんが死んでしまう……

部屋の中がグルグルと回った。ウチのせいだ。ウチが、「パンダのおっさんを脅そう」なんて言い出したからだ。ウチが公子ちゃんを殺してしまった。

公子ちゃんの胸からドクドクと血が溢れ出し、真っ白になった床を赤く染めた。みるみる公子ちゃんの顔が青くなっていく。

頭の奥で、パチッとテレビが消えるような音がした。


「希凜！　希凜！」

園長先生が、ウチの肩を激しく揺らしている。

ウチは、なぜかバタフライナイフを握っていた。公子ちゃんの胸に刺さっていたものだ。

「希凜！　しっかりせんかい！」

……何が起こったのだろう。短い間だけれど記憶を失ったみたいだ。

「希凜！」園長先生が、ウチをビンタした。

目の前にかかっていた靄(もや)が、急になくなった。部屋の中の景色がくっきりと見える。

園長先生は泣いていた。

「な、なにがあったん……」

園長先生は真っ赤な目で涙をながしたまま答えてはくれなかった。

ウチは公子ちゃんの隣に、宇賀神が倒れていることに気づいた。

宇賀神の首から、大量の血が溢れている。死体を見るのは初めてだったけど、死んでいると、すぐにわかった。

「希凜……アホ……」公子ちゃんが薄目を開けて呟いた。

……ウチが殺してしまった。

園長先生が、ウチを抱きしめた。全身の骨が砕けそうなほど強い力だ。「心配すんな。私が殺したことにすればいい」園長先生は、震えていた。「私が守ってあげる」

第三章　二〇一〇年　大阪

13

午前八時——。目を覚ましてシャワーを浴びたあと、私は洗面台の前に立った。全裸の私が鏡に映る。

我ながら完璧なボディーだ。摂取カロリーの徹底した管理と、スポーツジムに大金を払い続けているおかげで（そのジムでＩＴ系の社長を引っかけたことがあるから充分に元は取ったが）、この何年間も体型は変わっていない。

ひとつ欠点があるとしたら、ここだ。

私は、あの日に出来た傷痕を指先でそっと撫でた。普段は胸の谷間に隠れているが、ナイフで刺された痕がまだ残っている。整形外科で皮膚を移植すれば綺麗になると言われたが、治すつもりはない。何人かの男は、私の体に傷があることを嫌がったが、そんな器の小さい男はベッドから突き落としておさらばしてやった。

この傷は消さない。

私は、この傷を背負って生きていく。そう誓ったのだ。

まだ、子供だったとはいえ、あんなことになってしまったのは私の責任だ。処女で世間知らずだった私は変態を甘く見すぎていた。もし、あのまま誰も助けてくれなかったらと考えると今でも恐ろしくなる。

園長先生の鬼ババアは実刑判決を受け、希凜の代わりに刑務所に入れられた。正当防衛が認められなかった。私と希凜はひどく落ち込んだ。憎んでいた鬼ババアでも、急にいなくなると寂しい。鬼ババアの親戚が《世良学園》を引き継いだ。そのおばさんは、鬼ババアと血が繋がっているとは思えないくらい優しかったけど（信じられないことに、観たいテレビ番組を自由に選ばせてくれた）、何か物足りなかった。

鬼ババアのどでかいそろばんが部屋の隅にポツンと残っていた。私はそれを見るたびに胸の傷がジンジンと疼（うず）くので、押し入れの奥にそろばんを隠した。

希凜も罪の意識を抱え、明るさが消えた。中学生になるとグレはじめて、悪い仲間とつるみ出し、シンナー、バイクの無免許運転、傷害事件とお決まりの不良コースを歩んでいった。

その姿は自分自身を痛めつけるかのように見えた。何度か、家でタバコやシンナーを吸うのを注意したが、無視するだけでやめようとしなかった。

中学になってからは、家でも顔をあわすことがなくなり（希凜は友だちの家を泊まり歩き、ほとんど帰ってこなかった）、高校に入ると口も利かなくなった。希凜はお情けで入れてもらった高校を半年で辞めた。

刑期を終えた鬼ババアが戻ってきたときは、もう手遅れだった。ある夜、希凜は鬼ババアと大喧嘩をして家を出た。それ以来、一度も戻ってこなかった。

希凜の堕ちていく姿を真横で見守ることしかできないのが歯痒かった。

私も高校を卒業してすぐに家を出た。

家を出る日の朝、私がスーツケースを持って玄関口に立っても、鬼ババアはコタツにもぐり込んだまま見送ろうともしなかった。

「行くわ！」私は、わざとぶっきらぼうに叫んだ。

「勝手に行け！」

障子の向こうから鬼ババアも叫び返してきた。

「公ちゃん！　何してんの！　早してや！　僕もウンチがしたいねん！」

ドアの向こうから象が叫ぶ声がした。

「わかった。今すぐ出るからちょっと待って」

私はバスタオルを体に巻き、ユニットバスを出た。象が、お尻を押さえてドタドタと地団駄を踏んでいる。

「おはよ、象」

「おはよさん！」象が、ドアを閉めながら言った。

「ついでにシャワーも浴びや」

「昨日、入ったもん！」便座を下ろす音がする。

「アカン、寝てるとき汗いっぱいかいたやろ」

「ヘイヘイ」ため息のあとにかわいいオナラが聞こえた。

今のうちに着替えよう。体を拭いて、昨日なんばＣＩＴＹのユニクロで買った下着やシャツを袋から出す。

あと三十分もすればハリーが迎えに来る。

結局昨日は、象と洋食を食べたあと、日用品を買い物しただけで帰ってきた。ターゲットのカンちゃんとは接触していない。

服を着た私は冷蔵庫を開け、下のスーパーで買った《ボルヴィック》で喉を潤した。美貌を維持するために、ミネラル・ウォーターを一日二リットル飲むのがノルマだ。

乾いた体に水が染みわたり、精気が蘇（よみがえ）ってくる。

よしっ。仕切り直しだ。昨日はハリーのペースに惑わされたが、今日はこっちの実力を発揮してやる。豆腐屋の息子にてこずっているようじゃ話にならない。

タイムリミットはあと六日。気合を入れて挑むだけだ。

「おはよう。よく寝たか？」

午前九時――。ハリーがドアを開けた。相変わらず今日も、麻のスーツを着て、フリスクをボリボリと噛んでいる。

それにしても、気持ち悪いほど時間に正確な男だ。絶対にこんな男とは結婚したくない。経験上、時間にうるさい男は、女がメイクをするだけで喧嘩の原因になる。

「おはようさん！」シャワーからあがってきた象がハリーに手を上げた。バスタオルを持っているがフルチンのままだ。

「おう、象。いい夢見たか？」ハリーが象からバスタオルを奪い、ガシガシと頭を拭きはじめる。

父と子のような光景に、苛つきを覚えた。ハリーと象の仲が深まるほど胸がざわつき、背中のうぶ毛が逆立つ。

「うん！　ママと焼き肉屋で死ぬほどカルビ食ってる夢見たで！」象が頭を拭かれながら気持ち良さそうに目を細める。

「すげえじゃねえか」

「けど、カルビがパサパサで全然味がせえへんねん」象が悲しそうな顔で肩をすくめる。

たしかに、今朝、象は寝ぼけながら枕に嚙みついていた。

拭き終えたハリーが、象の尻を叩く。「よし。服を着ろ。三分後に出発するぞ。今日も朝ご飯は市場に行くぞ！」

「ラジャー！　腹一杯食べるであります！」

フルチンの象がおどけて敬礼し、自分の服を取りに行った。

「可愛いな」ハリーが着替える象を見ながら目を細める。「俺も子供が欲しくなるぜ」

「へーえ。いないんや」私は探りを入れた。「結婚もしてへんの？」

ポロリと本当のことを漏らすかもしれない。今はあまりにもこの男の情報が少なすぎる。

「ある人から、絶対に結婚はするなと忠告されたんだよ」ハリーが舞台俳優のように大げさに顔をしかめる。「ましてや子供を作るなんて自分の首を絞めるだけだ、てな」

「ある人って誰よ？」

「……俺の師匠みたいなもんだ」

〝魔法使い〟に師匠？　またハッタリ？

しかし、私はハリーの顔が一瞬曇ったのを見逃さなかった。初めて見せる表情だ。

もしかしたら、その師匠という人物がハリーの秘密を解く鍵になるかもしれない。

今日も木津卸売市場の食堂で朝飯を食べてから、《キララ九条商店街》に行った。

今朝のハリーの車は、ＢＭＷだった。シートがフカフカなのと、朝ご飯を食べたのとで早くも眠たくなる。

「考えて食べろっていつも言ってるやんか」私は助手席から象を睨んだ。「どんだけ意地汚いんよ」

「苦しいわぁ」象が後部座席で腹を押さえている。朝からイクラ丼をイッキ食いしたのだ。

「だってイクラやで！　次、いつ食べられるかわからへんやん！」象が反論する。

「腹八分目って言葉教えたやろ？」

「そんな言葉はクソくらえだ」ハリーが口を出す。「人間、いつかは死ぬんだ。いつ死んでもいいように普段から美味いもんを食っとけ」

だから、何なんよ、そのセリフは？　座右の銘かお祖父さんの遺言か？

「ラジャー！」象がまた敬礼した。

私は呆れ返って何も言わなかった。象はハリーに心酔しきっている。

何が〝魔法使い〟やねん……。私は悟られないようにハリーを見た。

果たして、この男を騙すことができるだろうか？　認めたくはないが、ハリーには隙がない。ぼうっとしているくせに、気がつくとこっちが観察されている。それに、敵はハリーだけじゃない。石嶺と桜のコンビも騙さなければいけないのだ。まさに一世一代の大勝負だ。

「わかってるだろうな。今日こそ田辺勘一とデートするんだぞ。失敗は許されないからな」

ハリーが、軍人のような命令口調で言った。

私はさすがにムカッときて反論した。「そう簡単に言わんとってや。あいつ、今日は休みとちゃうんやろ？」

ハリーがいつもより多めのフリスクを出し、バリボリと噛んだ。いくら禁煙しているとはいえ、どれだけ食べれば気が済むのだ？

ハリーが、噛み砕いたフリスクをすべて飲み込み言った。「豆腐屋は潰れた」

「はあ？　何を言ってんの？」

「俺が潰した。見に行けばわかる」

豆腐屋を潰した？……どうやって？　私はマジマジとハリーを見た。

「つぶすってなに？　ハリーがぶっ壊したん？」象が訊いた。

「ぶっ壊してはない。店を営業できない状態にしただけだ」

「……一体、何をしたんよ？」

「だから、見に行けばわかる」

ハリーは何食わぬ顔で、またフリスクを嚙みはじめた。

「象、行くよ」私は象の手を引いて車を降りた。

「午後三時に連絡を入れる。必ず電話に出ろよ」

ハリーの声がうしろから聞こえたが無視した。これ以上、奴のペースに巻き込まれたら頭がおかしくなる。


商店街は、いくつかの店が開きはじめていた。

入り口近くにあるベーカリーから、パンが焼ける香ばしい匂いがする。市場で朝食を食べていなかったら買いたいぐらいだ。

「見て！　白いたい焼きやって！」象が、シャッターを開けたばかりのたい焼き屋を指した。

「はいはい」私は歩くスピードを早めた。

象が私のスピードに追いつき上目づかいで見る。「どんな味すんのかな？」

「アカンで」私はピシャリと遮った。

「まだ何も言ってへんやん！」

「イクラ丼食べたばかりやろ」

象の首根っこを摑み、引きずるようにして豆腐屋へと向かった。

……えっ？　私は驚いて足を止めた。

《田辺豆腐店》の前に人だかりができている。只事(ただごと)ではない雰囲気だ。制服姿の警官もいた。

背中のうぶ毛が、ぞわりと逆立った。

「殺人事件や！」象がふざけて叫ぶ。

「そんなわけないやろ……」

ハリーのにやけ顔が浮かぶ。『俺が潰した』と言ったのは本当だったのか？

私は小走りで豆腐屋に向かった。

「待ってや！」象も必死でついてくる。

ヤジ馬の間に割って入り、豆腐屋へと近づいた。

どうなってんのよ、これ……？

「からっぽやん」象があんぐりと口を開ける。

豆腐屋があったはずの店舗が、がらんどうになっていた。豆腐が入っていたケースやステンレスの槽や機械など、すべてのものが跡形もなく消えている。一人息子のカンちゃんが、途方に暮れた顔で警官の事情聴取を受けていた。

……ハリーが消したの？　メチャクチャにもほどがある。

豆腐屋は昨日まで普通に営業していたはずなのに……。目的のためとはいえあまりにもひどい。

「さすが、魔法使いやのう」

ヤジ馬の中に、石嶺とセーラー服姿の桜がいた。

桜は不機嫌そうな顔で石嶺に言った。「で？　これをわたしに見せてどうすんの？」

「燃えてくるやろうが」石嶺が嬉しそうに笑う。

「はあ？　意味わかんないんですけど」

「たった、一晩でここまでできる奴がおるか？」石嶺が豆腐屋だった店内を指した。

たしかに、ありえない力業だ。一体どうやって、店のものを運び出したのだろう？　一人や二人では不可能だ。

カンちゃんは、警官の質問に答えながら、泣きそうになっている。パニックになって当たり前だ。

「もういい？　学校に戻りたいんだけど」桜が石嶺に言った。

「わるー。サボりやん」象がからかう。

桜が舌打ちをして象を睨む。「この男が教室まで来てわたしを連れ出したの。クラス全員がドン引きよ」

私は横目で石嶺を見た。横一文字の額の傷に、イラストの犬の顔がプリントされたトレーナーを着ている。さぞかし、教師は仰天しただろう。

「とにかく、二度と学校には来ないでくれる？」桜が石嶺に念を押す。

「何て言って連れ出したん？」興味本位で訊いた。

「桜の父親になりすましたんや」石嶺が得意げに胸を張った。太鼓腹がブルンと揺れる。

「家族の一大事があるから娘を早退させますって言うたら、あっさりと帰してくれよったわ」

よくもまあ、そんな嘘をついたものだ。石嶺と桜は、美女と野獣どころか、ポメラニアンと安岡力也ぐらいの差がある。

「あともうひとつ言っておくけどね」桜が私を睨みつけた。「この女とは絶対に組まないからね」

「そのことなんだけど……」私はわざと下手に出た。「私と組んでくれない？」

「お、心境の変化があったんか」石嶺が喜ぶ。

「……ひと晩よく考えてん。私一人ではハリーに勝てへんわ」

「ええやないか！　自分の非力さを認めるのは成長の証や」

〝非力〟という言葉にカチンときたが、ここはぐっと堪える。まず仲間になって、桜と石嶺を油断させるのが先だ。

「よろしくね」私は桜の前に手を出した。

「握手なんてするわけないじゃん」桜がクルリと反転し、去っていった。

「気にするな。わしが桜を説得したるがな」石嶺が代わりに私の手を握ってきた。手の平がゴツゴツして石のように硬い。

「ぼくもー」象も手を出し、石嶺と握手をした。

ヤジ馬たちが、何事かと私たちを見た。

見るからにヤクザのおっさんと手を握る女と、子供。かなり、奇妙な光景だ。

14

「よっしゃ。さっそく作戦会議しよか」

石嶺がカウンターの中の冷蔵庫から、缶ビールを出した。冷えたグラスにゆっくりと注ぐ。きめ細かな白い泡が立ちのぼる。

《歌えるスナック　ＲＩＫＯ》の店内。私と象はカウンターに座っている。

「こんな時間から飲むの？」私は軽蔑の目で石嶺を見た。

「ええやないか。暑くて暑くてかなわんねん。ポカリスエットの代わりやがな。水分を補給せな干からびてまう」

石嶺は黄金色（こがねいろ）のビールを見てウットリとした。どうしようもないほど酒好きな顔だ。

象が石嶺のトレーナーを指す。「夏やのに長袖やからやん！」

「半袖なんかきたらモンモン見えてまうがな。ヤクザってバレバレやろが」

すでにバレバレだと言いたかったがやめた。

「モンモンって何？」象が私を見上げる。

「まだ覚えんでもいい」私は象をキッと睨みつけた。

石嶺が私たちのやりとりを見て笑った。

缶ビールをもう一本取り出す。「公子も飲むか？」

「お酒は飲まへんの」手を振ってキッパリと断った。

「何や？　下戸（げこ）かいな？」

「ちゃうわ。アルコールは体に入れないことに決めてるねん」

結婚詐欺のプロとして当たり前のことだ。酔った女を演じれば、男は落としやすくなる。だが、それは「ただ女とやりたいだけ」の男に、都合のいい言い訳を与えることにもなる。そもそも、酒に酔えばこっちの判断力が鈍り、ターゲットの些細（ささい）な心の変化を見逃してしまう。だから、どんなときでも私は酒を一滴も飲まない。シラフで勝負をする。パーティで乾杯のシャンパンを勧められても飲むふりをしてグラスに口をつけるだけだ。

「なんや、付き合い悪いのう」石嶺が寂しそうに口をすぼめた。

「ぼく、飲むで！」象が手を上げた。

「アホ！」すかさず、象の頭を叩く。

「ジョークやんけ……公ちゃんは相変わらずユーモアのセンスがないなあ」象がブツブツ言いながら後頭部を撫でる。

結局、私はウーロン茶、象はコーラにした。

「乾杯や！」石嶺が、ビールをイッキに飲む。

象も真似をして、コーラをイッキに飲んだ。

「かあーっ！　たまらんな！」石嶺はさも美味そうな表情をしたあと、豪快にゲップをした。

「ぼくもたまらん！」象もゲボッとゲップをする。

「やるやんけ！　いいゲップや！」

石嶺に褒められて、象が鼻の下を伸ばす。「ゲップとオナラなら任せなさい」

「さっさと本題に入ってや」私は呆れながら言った。

石嶺がビールのグラスをカウンターに置き、神妙な顔つきで言った。「この店を営業する。

公子、お前がママをやれ」

「……ええかげんにしてや」

私はカウンターを叩き、露骨に怒りを露わにした。

「どないしてん？　プルプルしてんぞ」石嶺が飄々とした顔で私の顔を覗き込んだ。

「なんで私がスナックで働かなアカンのよ？」

自慢ではないが、結婚詐欺になってから、水商売はおろかアルバイトもしたことがない。

今までこの腕一本で稼いできた。

「落ち着かんかい。作戦やって言うてるやろ」

石嶺がビールを呷る。あっと言う間にグラスが空になった。

象が手を上げて質問をした。「スナックのママって何すんの？」

正直、私も何をすればいいのかわからない。

「そんなもん簡単や」石嶺が二本目の缶ビールをグラスに注ぎながら言った。「客の酒作ったり、カラオケでデュエットしたり……まあ、適当でええねん」

石嶺もわかってないらしい。棚の奥からおつまみのピーナッツを勝手に出し、ボリボリと噛んでいる。象が物欲しそうにピーナッツを見る。

「ちょっとだけやど。あんまり食うたら鼻血出るからの」石嶺はピーナッツをカウンターの上に撒いた。

「スナックなんて絶対にやらへんよ」私は強い口調で宣言した。

酔っ払い相手にペコペコするなんて、チョモランマより高い私のプライドが許すわけがない。

石嶺が私をジロリと睨み、威圧感を出す。

「お前がやるしかないやろ。桜はまだ未成年や。この店舗を押さえるのに軍資金もごっついかかっとんねん。つべこべ言わんとやらんかい」

「……私にママをやらせるために、わざわざここを借りたん？」

「桜の指示でな」

あのガキが？　いったい何の狙いがあるんだ？

「私がママをやることによって何の効果があるの？」

「知らん」石嶺がビールをガブガブと飲む。早くも二杯目がなくなりそうだ。

何だこの男は？　私の正体を北新地の割烹で見破ったときは、とんでもないキレ者かと思ったが、豪快だけが取り柄のようだ。ただ、野性的な勘は働くのかもしれない。

「えらいあの子のこと信頼してんねんな」

「前にも言ったやろ？　桜は天才や。ハリーに勝つためには桜の頭脳が必要やねん」

なんだかムカついてきた。目の前で他人が〝天才〟呼ばわりされるのは気持ちがいいものではない。

大きく息を吸え。《世良公子の十のルール》其の四を思い出せ。《他人への嫉妬ほど無意味なものはない》だ。

ここは石嶺と桜を騙すため、指示に大人しく従うしかない。

「しゃーない。僕がママをやったるわ！　歌は苦手やけど、踊りは大得意やで！」象が椅子に立ち上がり尻を振った。

「アホ！」もう一度、象の頭を叩こうとしたが、見事にかわされた。

「へへへ。二回もおなじ手でやられる象くんじゃないよ」

「やるやんけ。モハメド・アリみたいやんけ」石嶺が大喜びする。

「アリ？　誰それ？」

「天才ボクサーや。〝蝶のように舞い、蜂のように刺す〟ねん」

石嶺がシャドーボクシングをして見せる。

「うおおお！　かっこええ！」象も真似をして拳を振り回した。

「わかったわ」私は大げさに折れたフリをした。「私がやればええんやろ」

「よっしゃ」石嶺が手を叩いて喜んだ。「さっそく、明日から開けるぞ。スナックの名前も変えるからな」

「《スナック　公子》はやめてや」

「誰がそんな地味な名前にするか」石嶺が鼻で笑う。

「地味で悪かったな」

「《スナック　象》は？」象が手を上げた。

「お、それええな」石嶺が顔を輝かせる。

「ちょっと、冗談やろ？」

「ええ名前やんけ。インパクトがあるがな。ナイスなセンスや」

「そうやろ！」象が調子に乗ってカウンターの椅子の上で立ち上がった。「ところで、センスって何？」

「才能があるってこっちゃ」石嶺がさらにおだてる。

象がますます図に乗ってハトのように胸を張った。

私は、象がひっくり返らないようにお尻を押さえた。

「……ホンマにその店名でいくの？」

「バッチリや。この店はお前が未亡人っていう設定で売っていくねん。店に息子の名前を付けるなんてけなげで泣けてくるがな。商店街中のスケベ親父（おやじ）が集まってくるで」

「そんなに集まってきても困るんやけど……」

だんだん不安になってきた。酔っ払い相手に愛想良く笑えるだろうか。

「お前、歌はどうやねん？　そこそこ歌えるんか？」

「まあね」

そこそこどころではない。大得意だ。結婚詐欺師には、意外と歌の技術が必要だ。動物たちも鳴き声で求愛行為をする。歌手がキャーキャー言われるのも、ひとえに歌がうまいからだ。そのため私はボイトレに五年も通った。

「ほんなら大丈夫や。何とかなるやろ。とにかく桜から、ここでスナックをやって繁盛させろって指示が出とんねん」

じゃあ自分でやれよ……ガキが。私は顔には出さず桜を罵(ののし)った。

「頑張ってみるわ」私は無理やり笑顔を作った。

営業スマイルの練習だと思えばいい。


石嶺と連絡先を交換し、スナックの前で別れた。

念のために商店街を歩き、確認する。ハリーらしき影はない。

今日こそ豆腐屋の息子、カンちゃんとデートをしなければならない。

「結婚詐欺師って忙しいね」買ってあげた白いたい焼きをもふもふと食べながら、象が言った。

15

豆腐屋の前に戻ると、ヤジ馬はほとんど解散していた。

警官もちょうど帰ったあとらしく、カンちゃんは空になった店舗の中で、ぼうっと立ちすくんでいた。

「まいど」明るく手を上げ、近づいた。

「あ……どうも」カンちゃんが消え入りそうな声で言った。

「今日はお仕事ないの？」

「見ればわかるでしょ。なんもすることないですよ」カンちゃんが、ムッとした顔で私を睨む。

「お昼ご飯、まだやんね？」私は、笑顔を崩さず訊いた。

「まあ……そんな暇なかったですから」

「うどん好き？」

「嫌いな人間なんておるわけないやん！」象が横から口を挟む。

「まあ……嫌いではないすけど」どうも、歯切れが悪い。一晩にして店がなくなったのだから当たり前だが。

「美味しいもん食べて元気出そうや！」私は、カンちゃんの手を引いた。

カンちゃんが、戸惑っている。

いつもなら、こんな強引に攻めることはしない。もっとじっくり作戦を練ってターゲットを落とす。

だが、今回は時間がない。チンタラやっている場合ではないのだ。

「やったー！　うどんやー！」

象がお尻を振って喜んだ。


道頓堀にある老舗のうどん屋にやってきた。

うどんは、ここのきつねうどんに限る。きつねうどん三つとおむすびの大を注文する。うどんもうまいが、おむすびも絶品だ。絶妙な塩加減と黒ゴマの香ばしさが堪らない。

きつねうどんが運ばれてきた。

「ひゃっほーい！」象が奇妙な雄叫びを上げる。

「とりあえず、食べようや」私は、カンちゃんに割り箸を渡した。

「はあ……」受け取るカンちゃんの目は、明らかに私を警戒している。

……やりにくいったら、ありゃしない。

まぁ、いいか。今は目の前のうどんに集中しよう。

私はまず、きつねうどんの出汁を飲んだ。象も私を真似て、出汁だけを飲む。

う、うまい……。体が震えてくる。

「キタ━ッ！」象がガッツポーズをする。「大阪人に生まれてよかったー！」

テレビで見たものまね芸人の、そのまた真似だ。この年頃のガキは真似ばかりするので困る。ハリーだの石嶺だの、教育上よくない大人が象の周りに多すぎるのが心配だ。もちろん、私もそのうちの一人だが。

ここのうどんは神様が作っているのではないかというぐらい、美味い。特筆すべきは出汁だ。色は限りなく薄い。だが、味は薄くない。サバ節と昆布の旨みが口の中にじんわりと広がり、至福の世界へと誘う。たかが、うどんと侮るなかれ、の味なのだ。

「お、おいしいっすね……」がっくりと落ち込んでいたカンちゃんも目を丸くした。

「おむすびも食べてみい」象が、先輩面で言った。

「あ、はい」カンちゃんがなぜか敬語で答え、おむすびを一つ口に入れる。

「う、うまいっすね！」

この店のきつねうどんとおむすびのコンビネーションは無敵だ。他の追随を許さない。

カンちゃんの顔に血の気が戻ってきた。やはり、美味い食事には人を蘇らせるだけの力がある。

私たちは、ほとんど何の会話もせずに、うどんを食べた。

「余は満足じゃあ……」象が腹をさすりながら椅子にもたれる。

「あの……」初めてカンちゃんのほうから口を開いた。「どうして、僕みたいな人間に優しくしてくれるんですか？」

返答に困る。私はとりあえず、笑顔を浮かべた。「内緒」

「まさか……結婚詐欺師ではないですよね？」カンちゃんが、冗談交じりのトーンで訊いた。

「なに？　それ？」私も笑う。

チラリと隣を見ると、象がソワソワと動揺していた。「超能力者や……バレてる」と小声で呟いている。

私は、象の太股を抓った。

「ぎっ」象が歯を食いしばって我慢した。叫ばなかっただけよしとしよう。

タイムリミットがある。騙す相手は四人もいる。目の前の男に、ハリーに、石嶺と桜。これだけ悪条件が揃っていながら、象という足手まといまでいる。どれだけ凄腕の結婚詐欺師でも、このままでは失敗してしまう……。

私は瞬時に頭をフル回転させた。

「……どうかしました？」カンちゃんが心配そうに私の顔を覗き込む。

よしっ。腹を括れ。

私は顔を上げて言った。「結婚詐欺師の話をしてくれへん？」

「は、はい？」カンちゃんが、目を見開く。

「あなたの前の奥さんやん」

「ああ……」カンちゃんの顔からみるみる生気が失われていく。「あの人のことは、もう忘れたいんだけど」

「どんな人やったん？」私は間髪入れずに質問を始めた。

「まあ、それなりに……美しい人ではありましたよ」カンちゃんがボソボソと語りはじめる。

表情から察すると、その女に怒りもあるが、未練も残っているようだ。

「どのタイミングで結婚詐欺師とわかったんよ？」

カンちゃんは口をモゴモゴとさせたまま、返答に迷っている。

象がまったく興味のないようすでアクビをした。まあいい。邪魔せずに大人しくしていてくれれば助かる。

「プロポーズのときです」カンちゃんが、顔を耳まで赤くして言った。

「なんで、相手の正体がわかったん？」

「向こうから告白してきたんです」

「は？」意味がわからない。

「これ以上騙すのは、僕が可哀そうだからって……」カンちゃんが猫背をますます丸める。

自分から正体をバラすなんてありえない。その女は二流か、もしくはカンちゃんに本当の恋を……。

それこそありえない。目の前にいる男は、大半の女性が、素通りする程度の魅力しかない。たぶん、大した額が取れないとわかってやめたのだ。

「わかった」

「何がわかったんですか？」

「私も告白するわ」

ここからが勝負だ。

「こ、告白ですか？」

カンちゃんが、しどろもどろになる。あきらかに、恋の告白と勘違いしている。

「そっちとちゃうから」私は冷たく言い放った。

「えっ？　あっ……そうですか……」カンちゃんは目をしばたたかせた。「じゃあ、何の告白ですか？」

私は静かに息を吐き、呼吸を整えた。

「私も結婚詐欺師やねん」

「えっ」カンちゃんと象が同時に声を上げた。二人ともポカンと口を開けたまま私を見る。

「自分でバラした……」と象。

「……どういうことですか？」とカンちゃん。

「話したら長くなるから店を変えようや」私は伝票を手に立ち上がった。

「公ちゃん、全部話すの？」象が心配そうな顔で私を見上げた。

「そうや」私は象を安心させるために、深く頷いた。「これぐらいせな〝魔法使い〟に勝てへんやろ」

タクシーに乗って、道頓堀を離れた。

この一帯は、石嶺の門田組のシマだ。念には念を入れたい。

三十分ほどタクシーを走らせる。行き先をわざと告げず、適当に大阪市内をぐるぐると回ってもらった。

福島で降りた。駅から少し離れた場所にうまいコーヒーを飲ますカフェがある。

ここの店は、店内にコーヒー豆を焙煎する機械が設置されていて、マスターは一日中コーヒー豆を煎っている。内装も《ポポハウス》とは違って、今どきのカフェだ。

「うわあ、めっちゃいいニオイする！」ドアを開けた象が叫ぶ。「コーヒーの国みたいやな！」

席に座ると、ブレンドを二つと象の分のオレンジジュースを注文した。

ドリンクが運ばれてきたあと、私はカンちゃんにすべてを話した。自分の名前が〝吉田照子〟ではなく世良公子だということ。空港でハリーに会ったこと。豆腐屋の嫁になる計画。石嶺と桜が現れたこと……。そして、私がハリーたちを出し抜こうとしていること。

「あの……」話を聞き終えたカンちゃんが言った。「なんでうちの商店街が狙われてるんですか？　何にもありませんよ」

「私もそれが謎やねん」

カンちゃんの言うとおりだ。どう考えても、あの商店街にそんな価値があるとは思えない。

「それじゃあ……僕、帰ります」カンちゃんが立ち上がろうとした。

「話はまだ終わってへん」

「いや……でも……僕にできることは何もないし……」

私は、カンちゃんの手をそっと握った。カンちゃんの体が硬くなる。

「手伝って欲しい」心を込めて言った。

「えっ」また象とカンちゃんが同時に驚く。

「私が勝つためには、カンちゃんの力が必要やねん」

「いやいやいやいやいやいや」カンちゃんが両手を振った。「ぼ、僕みたいな人間が、参加しちゃダメでしょ！」

「うん。ハッキリ言って邪魔やな」象が自分のことを棚に上げて言った。

「そう思うでしょ？　足手まといですよね？」テンパりすぎて、また象に敬語を使っている。

「逆や。カンちゃんがいないと絶対に勝てへん」私は真剣な顔で言った。この気持ちに嘘はない。

「なんで、そう言い切れるんですか？」カンちゃんもムキになってきた。

「カンちゃんがいれば相手が油断するからや」

「まぁ、それは自分でもわかりますけど……」少しプライドが傷ついたのか、情けない顔になる。

「カンちゃんの風貌や生き方は、誰が見ても負け犬や」

「うん、五歳の僕でもそう思うわ」象が頷く。

「わかってますってば！　ズバズバ言いすぎですよ！」カンちゃんの耳が真っ赤になった。

「でも、それはある意味すごい才能やと思うねん。ハリーも石嶺も、私のことを結婚詐欺師だと知っている。どこかで警戒してるはずや」

「そりゃそうでしょうけど……僕を巻き込まないでくださいよ」

「悔しくないの？　お店が奪われてんで？」

カンちゃんが下唇を噛み締めた。「悔しいに決まってるじゃないですか」

「復讐しようや」私はもう一度、カンちゃんの手を握った。「分け前の半分をカンちゃんにあげる。その金でお店を再開させればいいやんか」

「僕にも戦えますか？」カンちゃんの目にわずかだが火が灯った。

「戦うしかないやろ。それが人生や」私は自分に言い聞かせるように言った。

赤ん坊の頃、駅の公衆便所に捨てられてから、ずっと戦ってきた。泣きたくなければ、相手をだし抜くしかない。

「頑張ります！　よろしくお願いします！　詐欺のテクニックをイチから叩き込んでください！」カンちゃんの鼻息が荒くなる。

他のお客さんが眉をひそめて、こっちを見る。

「声がでかいねん」象が耳をほじくりながら言った。

「……すいません」カンちゃんがショボンと肩を落とす。

どう考えても詐欺師には向いていないタイプだ。だからこそ、使える。さすがのハリーも、私がカンちゃんと組むとは予想もしてないはずだ。

「よろしくね」私はカンちゃんに手を差し出した。

「あ、は、はい」カンちゃんが慌てて自分の服で手を拭き、握手をしてきた。

「今日からはチームやで」

「よろしくお願いします！」

カンちゃんの手はねっとりと汗ばんでいた。

「ぼくのほうがセンパイやぞ。敬語つかえや」象が偉そうに胸を張った。

「象センパイ。ご指導、ご鞭撻のほどよろしくお願いします！」

「なに言うてるか、さっぱりわからへん」

豆腐しか作ったことのない素人と五歳児……。こんな詐欺師軍団、聞いたことない。

ようやく、カンちゃんがコーヒーに手をつけた。

「美味い！　なんですか、こんなコーヒー飲んだことないですわ！」感激のあまり目が潤んでいる。「ポポハウスとは大違いや……」

「一緒にすんな」象がまた偉そうに言った。

16

カフェを出て、《キララ九条商店街》へと向かった。

「まず、僕は何をすればいいですか？」

タクシーの後部座席でカンちゃんが訊いてきた。二人の間に象が座っている。

「この数日間で、私に恋してもうたフリしてや」

「はあ……それからどうすれば？」

「結婚して」

「えっ？」一瞬で、カンちゃんの耳が赤くなる。

「私と結婚して、一緒に暮らしてもらう」

「もちろん、それもフリですよね……」

「当たり前やろ！　アホ！」象がカンちゃんの頭を叩いた。

「す、すいません」

豆腐屋の家に嫁ぎ、商店街の住民になる。

本当の勝負はそこからだ。

午後三時。

カンちゃんと別れた私は、ハリーと会うために西成へと戻った。マンションの下にある《玉ちゃんスーパー》で、今夜の食材を買う。

「今日の晩ご飯、何すんの？」象がウキウキした声で訊いてきた。

「そやな……お魚焼こうかな……」私は、鮮魚コーナーを見回した。

ありえないくらい安い。イカが一杯三十円……。不安になる安さだ。本当に〝鮮〟なのだろうか？

「ぼく、ハンバーグが食べたいなぁ」

「アカン。昨日、洋食屋さんで食べたやんか」

「ぼくは、全然、かまへんで。毎日でもええくらいや」

「アカンっていうてるやろ！」

希凜が施設に入っている以上、象の母親は私だ。象の栄養管理にも気を使わなければいけない。

「……ぼく、魚が嫌いやねん」象が口をすぼめる。

「何言ってんのよ。喜んでマグロ食べてたやろ」

「いじわるやわー。本物のママやったら何でも食べさせてくれんのに！」

「偽物で悪かったな」少し傷ついたが、もちろん、顔には出さない。

結局、〝鮮〟ではない魚を諦め、野菜タップリのシチューを作ることにした。象は、魚を回避したので機嫌がいい。

レジ横のエレベーターで、部屋へと上がる。ドアに鍵を差して気がついた。

鍵が開いてる……。

緊張が走る。門田組がまた私を拉致しにきたのかもしれない。

「誰かおるの？」

私はドアを少しだけ開け、部屋の中に向かって訊ねた。

「俺だ」ハリーの声がする。

ホッと力が抜けた。さすが〝魔法使い〟、ピッキングなんてお手の物だ。

が、玄関に入ろうとして、驚いた。女物の靴がある。ハリーの他に誰かいる？

「これ、ママの靴や！」象が叫び、部屋の中へと走っていった。

そんな馬鹿な……。希凜は今、薬物更生施設に入院しているはずだ。先月会いにいったときも、意識が朦朧として、私が誰かわかっていなかった。

部屋に入った私は、目を疑った。目の前の光景が信じられなくて、体が動かない。

「お帰り」

希凜が私たちを待っていた。

「ママ！」象が希凜に抱きついた。

「象、久しぶりやね」希凜が象の頭を優しく撫でる。「いい子にしてた？」

「うん！　めっちゃ、いい子にしてたで！　公ちゃんの仕事手伝っててん」象が希凜の胸に顔を埋める。

「えらいやん。さすが、ウチの息子や」

私は唖然として声も出なかった。

「どうした？　感動の再会じゃないのか？」ハリーが、私をからかうように言った。

本当に希凜なの？　夢でも見てるみたいだ。今、目の前にいる希凜は完全な健康体に戻っているように見える。先月会ったときは頬がこけ、骸骨のように目が窪んでいたのに。一カ月で、こんな回復するなんてありえない。

……魔法使い。

私はハリーを凝視した。この男が、希凜に魔法かけたというのか？　どうやったの？　どんな方法で、あれだけシャブに溺れていた人間を救い出したの？

私の胸の奥に、とてつもない嫉妬心が生まれた。希凜のことは私が一番わかっていると思っていた。希凜を助けるのは私しかいないと思っていた。

それをハリーは、いとも簡単にやってのけた。

この男は準備していたのだ。自分の計画に私を協力させるために。先月、私が薬物更生施設に行ったあと、すぐに希凜に近づいたに違いない。

「ハム子ちゃん……」希凜が聖女のような微笑みを浮かべた。

私は、希凜の顔をまともに見ることができなかった。昔、園長のババアに無理やり連れて行かれた教会の庭で見た、マリア像を思い出した。

「今まで象の面倒を見てくれてありがとうね」

今まで？　どういう意味？

「これからは母親のウチが象をちゃんと育てる」

ちゃんと？　悪かったわね。私の育てかたが悪かったみたいで。

「紹介するわ」希凜が、ハリーの腕に、自分の腕をからめた。「ウチの旦那」

「だんな？　なにそれ？」象が、不安そうな顔で希凜を見上げた。

「象の新しいパパよ」

希凜の言葉に、頭の中が真っ白になった。

象もいつもの笑顔が消え、呆然としている。

「……結婚したってこと？」私は希凜に訊いた。

希凜が幸せいっぱいの顔で頷く。「今朝、未来さんと婚姻届を出してん」

どうやって、ハリーは希凜を落とした？　そもそも、なぜ希凜と結婚した？

「ミライって誰？」象が希凜の腕を摑む。

「俺の名前だよ」ハリーが代わりに答えた。「武藤未来（むとうみらい）が俺の本名だ」

絶対に偽名だ。この男が、そう簡単に自分の正体を明かすわけがない。

「ウチらの名字も武藤になるんよ」希凜が象の頭を撫でた。

「なんか、嫌や……」象が不服そうな顔をする。

「なんで？　カッコイイ名前やんか」

「ぼく、世良のままがいい」

駄々をこねる象に困った希凜が、ハリーを見る。

「象」ハリーが優しくも威厳のある声で言った。「俺のあげたジッポー、まだ持ってるか？」

象がコクリと頷き、ポケットから金色のジッポーを出した。

「火をつけてみろ」

象がジッポーの石を擦（こす）り、火をつけようとする。だが、手元がおぼつかなく、中々火がつかない。

「ウチがやってあげようか？」

だが、象は希凜の助けを断って、十回以上石を擦り、ようやく火がついた。象が嬉しそうに笑う。

「その火をよく見てみろ。お前がいなかったら生まれなかった火だ」そう言ってから、ハリーは希凜を指した。「ママを見ろ」

象が、真剣な目で希凜を見る。

「ママがいなかったら、お前は生まれてこなかった。この世界で一番大切なのはママだ。これからはお前がママを守れ。俺が手伝うから」

象は、深く頷いた。幼い顔に、責任感が芽生えている。

希凜が涙ぐみながら言った。「ハム子ちゃんも祝福して」

私は、すぐに頷けなかった。ハリーが希凜と結婚した理由がわかったからだ。その理由は私だ。私が裏切らないように、希凜と象を人質に取ったのだ。

抑えきれない怒りが、腹の底から込み上げてきた。結婚詐欺師の私に、結婚で挑んでくるなんて、これ以上の屈辱はない。

「……ハム子ちゃん、喜んでくれへんの？」

希凜が悲しそうな顔で私を見る。

「喜ばれへんな」私はハッキリと言った。声が震えそうになるのを堪える。目を逸らしたいが、必死に希凛の目を見た。

「なんで、そんな言い方すんのよ？」希凛の顔が歪む。

「私に何の相談もなしに結婚せんとってや」

「ウチの人生やもん。別にええやんか」希凛がムキになる。「ハム子ちゃんはウチの保護者とちゃうねんから」

希凛の言うとおりだ。親のいない私たちが、どういう人生を送ろうが、誰にも遠慮する必要はないし、報告する義務もない。

「ほんまやな……」私は大きく息を吐いた。

「じゃあ、行こうか」ハリーが、希凛と部屋を出ようとした。

「どこに行くん？」象が希凛の腕を引っ張った。

「新しい家に帰るんよ」希凛が答える。「新しい家族で住む家。めちゃくちゃ綺麗で大きいねん。新築の一戸建てやで」

「公ちゃんは？」

「公子の家はここだ」ハリーが私を見ながら答えた。

逃げるなよ、とその目は告げている。お前の大切な二人は俺が預かっている、と。

「一人で？　可哀そうやん」象が、じっと私を見た。

「象、気にせんでもええで。いつでも会えるやんか」私は象に笑いかけた。

「ほら、行くよ」希凜が象を急かす。彼女は私の顔を見ようとはしない。

「公ちゃん、頑張ってな」象も笑ってくれた。「絶対に、負けたらあかんで」

「わかってる」

「約束やで」

私は頷いた。象も頷き、部屋を出ていった。

誰もいない部屋に、一人取り残された。猛烈な孤独感が襲ってくる。

「よっしゃあ！」私は両手で自分の頬を叩いた。

泣いている場合ではない。

象と約束したのだ。

負けない。絶対に勝って、希凜と象を取り返してやる。

17

翌日の昼。

私は《キララ九条商店街》へと向かった。隣に象はいない。足手まといが一人減って動きやすくなったはずなのに、なんだか体が重い。

昨日の希凜と象の姿を思い出す。親子が笑顔で再会できたのに、素直に喜べなかった。もちろん、希凜がハリーに洗脳されていることも気がかりだったが、私の心の大部分を占めていたのは嫉妬だった。

象は、私の息子じゃないんだ。

こんなわかりきっていることに、ショックを受けた自分が情けなかった。

私は、子供を作らないことに決めていた。生まれたばかりの赤ん坊を駅の公衆便所に捨てる人間の血が、私の体の中にも流れている。自分の子供を目の当たりにしたとき、どんな衝動が自分を襲うのか想像できないのが恐ろしいのだ。

――切り換えろ。勝負はまだ始まったばかりだ。

《世良公子の十のルール》の其の八を思い出せ。《冷静になれ。なれなければ諦めるしかない》だ。

私は急ぎ足で商店街を抜け、スナックに着いた。

早くも看板が《スナック　象》に変わっている。ペンキの匂いが鼻をつく。象という文字が、胸にグサリと突き刺さった。いつから私は、こんなにも弱い女になったのだろう？　これが母性というヤツなのか？　それならば、こんな感情はいらない。面倒なだけだ。

私は舌打ちをして、ドアを開けた。

新築の匂いがした。みすぼらしかった内装が見違えるように綺麗になっている。壁紙まで張り替え、カラオケのテレビも液晶テレビになり、カウンターの後ろの壁に埋め込まれていた。

さすが、門田組の若頭、石嶺だ。中途半端な真似はしない。

カウンターに桜が座っていた。文庫本を一人で読んでいる。

「おはよう」桜は本から顔を上げずに挨拶した。

「石嶺は？」

「もうすぐ来るんじゃない？」

相変わらず、無愛想なガキだ。

「何、読んでんの？」

私の質問に、桜が大げさにため息をついた。「チャールズ・ブコウスキーの『町でいちばんの美女』」

聞いたこともない本だ。私は自分で言うのも何だが、そこそこの読書家だ。ターゲットの男を落とすときに、ほんの少しの〝知的アピール〟は有効な技だ。ただし、相手の男も知っているような本じゃないと話題が広がらないから、おのずと流行りの本に偏ってしまう。

「面白いとか面白くないとか、そういう類の作品じゃないから」桜は文庫本を閉じ、学生鞄に入れる。

「面白いの？　それ？」一応、訊いてみた。

「ガキが精一杯カッコつけてるつもり？」私も負けじと嫌味で返した。

「象くんは？」桜が、それには付き合わず、話を変えた。

肩すかしを食わされた気分だ。この少女は若いながらも自分のリズムを持っている。私の一番苦手なタイプの人間だ。リズムを持っている人間は、そう簡単には騙されない。他人に興味がないのだ。

「……実の母親が引き取りにきた」私は呟くように答えた。声に出すと、胸がチクリと痛む。

「ふーん」桜がアクビをする。

沈黙が続いた。やはり、このガキとはやりにくい。

桜は今日もセーラー服だ。一見、普通の女の子だが、今どきの女子高生とは、明らかに違う。無邪気さの欠片もないのだ。世の中を、達観した目で見ている節がある。普通の十代の若者が経験しないような修羅場を潜ってきた目だ。

桜が腕時計を見た。「そろそろ、秘密兵器が来る頃ね」

「なによ、それ？」

「とっておきの助っ人」桜が初めて笑った。

数分後、石嶺がドアを開けて入ってきた。「連れてきたで」

私は、石嶺のうしろにいる人物を見て、愕然とした。「な、何しにきたんよ……」

「助けに来たんや。私はあんたの保護者やろが」

世良学園の園長、鬼ババアが腕を組んで立っていた。

鬼ババアと会うのは十年以上ぶりだ。

七十歳を超えている鬼ババアは全身が皺くちゃになっていたが、シャンと伸びた背筋と鋭い眼光は昔のままだった。

「世良鏡子と申しますぅ。いつも公子がお世話になっておりますぅ」鬼ババアが、桜にペコリと頭を下げた。

鏡子……。そんな名前だっけ？　忘れてしまうほど、記憶の中でも鬼ババアと呼び続けていた。

「はじめまして。五十嵐桜です」

桜がカウンターの椅子から立ち上がり、礼儀正しく挨拶した。私に対する態度とは大違いだ。

「まあ、可愛いお嬢さんやねえ。お人形さんみたいやんか」

「ありがとうございます」

「こんな子が結婚詐欺師を手玉に取ったん？」鏡子が石嶺に訊いた。

「そうやねん。自分の父親を騙した女をぎゃふんと言わしたんや」

「やるやんかぁ。公子も気をつけなアカンな」鏡子が、私を見てニタリと笑った。ヤニだらけの黄色い歯が覗く。

私はイラッとしたが、絶対に顔に出さないようにした。昔から鏡子は、私を怒らせて楽しむ癖がある。

「助けてもらわんでいいから、帰ってくれるかな」私は、わざと冷たく言い放った。

「アホなこと抜かしなさんな。年寄りが、暑い中わざわざこんなしょぼくれた場所までやってきたんや。話ぐらい聞かせんか。久々に会ったんやし」

「鏡子さん、お茶でいいですか？」桜がカウンターの冷蔵庫を開ける。

「ビールがええね。キンキンに冷えたやつ」鏡子が図々しくカウンターに座り、タバコを吸いはじめる。煙を吐き出し、満足そうな顔で私を見た。「大きくなったな。ハム子」

「じゃあ、わしも付き合うか」石嶺も鏡子の隣に座った。

「誰がこの人を呼んだん？」私は石嶺に訊いた。

「桜のアイデアや」

私は桜を威嚇するように睨みつけた。

桜が平然と答える。「ハリーは希凜と象を人質に取ったんでしょ？」

「な、なんで、知ってるの？」

「それぐらい当たり前よ」桜が瓶ビールをカウンターに出しながら言った。「向こうが〝魔法使い〟なら、こっちは〝世界一のペテン師〟を目指してるんだから」

「なんか知らんけど、桜ちゃんってかっこええね」

鏡子が感心した顔で瓶ビールを受け取った。栓抜きで開け、石嶺のグラスに注ぐ。

「お、こりゃすいません」石嶺が恐縮した顔で、グラスを持ち上げる。「こんな可愛い顔して、実は恐ろしい子でっせ。敵には回したくない相手や」

次に石嶺がビールを鏡子に注いだ。

「いつの時代も、女のほうが怖い生き物やねん」鏡子がチラリと私を見る。

思い出したくもない過去が、頭を過（よぎ）った。

二十年前、希凜がピザ屋の変態を殺した事件……。あの日から、希凜の人生の歯車が狂った。それは、私や鏡子にとっても同じだ。私は結婚詐欺師になることを決意し、鏡子は刑務所に入った。

「どうやって、知ったんよ？　ハリーが希凜と象を人質に取ったこと」私は桜にしつこく食い下がった。

「桜の指示で、希凜の更生施設にウチの若いモンを張りつかせとったんや」石嶺が代わりに答える。

「なるほどね」鏡子がビールを一口飲み、美味そうに顔を歪める。「公子の弱点を衝いたわけや」

「ハリーなら、まずそこを狙うはずでしょ」桜がしれっと言った。「まさか希凜と結婚するとは思ってなかったけどね」

鼻につく態度だ。何だか馬鹿にされたようで気分が悪い。

「保護者の私を差し置いて、勝手に結婚しくさってからに……」鏡子がビールを呷る。「おかわり！」

「いい飲みっぷりでんな」石嶺が嬉しそうに、ビールを鏡子のグラスに注いだ。

鏡子がグイッと飲み、口の周りを泡だらけにした。「ハム子、世良の人間の恐ろしさを見せてやろうや」

「……一人でやれば？」この女とだけは一緒に組みたくない。

「ハリーに勝つには、どうしても鏡子さんの力が必要だわ」桜が言った。「ここにいる全員が力を合わせないと絶対に奴には勝てない」

石嶺が手を出した。「よっしゃ。手を合わせろ」

桜が、その手の上に右手を重ねる。鏡子が桜の手の上に、皺くちゃの手を置く。三人が私を見た。

「ほらっ。ハム子、何してんの、あんたも置きなさい」

鬼ババアが……。いつまで保護者面すれば気が済むんだよ。

体育会系のノリは大嫌いだが仕方ない。象のためだ。

私は、鏡子の手の上に、自分の手を重ねた。久しぶりに触った鬼ババアの手は、妙に温かった。

第四章　一九九〇年一〇月　ベトナム

18

俺たちはメコン川のクルーズのあと、泊まっているホテルがあるホーチミンの市内へと戻っていた。

俺はホテルで食べたいと主張したが、「地元の味を楽しもうや」と受け入れてもらえなかった。

何しにきたんだよ……。

ベトナムに着いてから、ずっと観光気分の工藤に苛つきが収まらない。

まだ夕食には早い時間だったが、店はベトナム人の客で混雑し、観光客は数えるほどしかいない。

「メシにしようや」

工藤が、大通りに面している屋台を指した。

ちょうど、テーブルが一つ空いた。工藤がビールを二つ頼む。

「それにしてもバイクだらけだな」工藤が通りを見ながら言った。「知ってるか？　ベトナム人たちはバイクのことを〝ホンダ〟って言うんだぜ。だから、カワサキのバイクのことも

〝カワサキのホンダ〟って言うんだ」

俺は返事をせずにメニューを見た。

どれもこれも食いたくない。俺はベトナム料理が嫌いだ。香菜臭い味が、思い出したくない記憶を呼びさましそうな気がするからだ。

「好きなだけ頼んでもいいぞ」

「アヒルの卵をもらう」

「なんだ？　それだけでいいのか？」工藤が拍子抜けした顔で言った。

「食欲がないんだ」

「情けねえなあ……」

ビールを運んできた店員に、工藤は矢継ぎ早に注文した。流暢なベトナム語だ。いつの間にマスターしたのだろう。俺も今回のためにベトナム語を勉強してきたが、片言で喋るのがやっとだ。

くそっ……。ふざけた男だが、いつも俺を上回ってくる。

「このビール、まずいな」工藤が〝333ビール〟を飲んで顔をしかめる。

すぐに料理が運ばれてきた。生春巻き、ベトナム風水餃子、はまぐりの蒸し物、ハスの茎のサラダ、牛肉のフォー、魚とパイナップルの酸っぱいスープ……。一体、どれだけ頼んだのだと呆れてしまう。

「メシはうまいな」工藤がガツガツと料理を平らげていく。

俺の頼んだアヒルの卵が運ばれてきた。孵化する前のアヒルの卵をゆでたグロテスクな料理だ。工藤をびびらせようと思ったのだが、期待は外れた。

「おっ。これもうまそうだ」工藤が平気な顔でアヒルの頭をかじる。

ちくしょう。俺は心の中で舌打ちをした。

ふと、視線を感じた。工藤の斜めうしろのテーブルにいるベトナム人が、チラリとこっちを見た。三人で食事をしているが、様子がおかしい。

「まだ動くなよ」工藤が俺を窘めるように言った。「奴らは銃を持ってるぞ」

……銃かよ。

俺は少し腰を浮かした。手の平に汗が滲む。

三人のベトナム人からひしひしと殺気が伝わってきた。

どう見ても一般市民ではない。チンピラだ。三人中、二人の腕には刺青が彫ってある。三人とも無表情で練乳入りのコーヒーを飲んでいる。

ヤバい。こっちは何の武器も持っていない。今、ここでぶっ放されたら蜂の巣にされてしまう。

「これ、醤油みたいで美味いな」工藤が、ニョクマムを水餃子にかけた。

この男、神経がないのか？　呑気な顔で料理を摘んでいる。とんでもないクソ度胸だ。

「それにしても、ベトナムは美人が多いな」工藤が、アオザイを着て料理を運ぶ店員を見て言った。「料理も美味いし、引退したらこの国に住むのもアリだな。フランスの領土だったからフレンチも食えるし」

三人のチンピラが立ち上がった。

俺も思わず立ち上がりそうになる。

「びびるなよ」工藤が余裕の顔で香菜をほおばった。「人間、いつかは死ぬんだ。いつ死んでもいいように普段から美味いもんを食っとけ」

頭の中に弾が残っている男に言われると、説得力がある。ただ、まだ俺は二十七歳だ。こんなところで野垂れ死ぬわけにはいかない。

三人のチンピラがこっちに近づいてきた。三人とも右手をポケットに入れている。工藤の言うとおり、全員銃を持っているのは間違いない。

俺は店内に目を走らせ、武器になるものを探した。いざとなったら厨房に飛び込んで、ナイフを奪ってやる。

「顔を貸してもらおうか」一番背の低いチンピラが話しかけてきた。フランス語だ。ベトナムでは英語よりもフランス語を使う者が多い。

「なんだ？　デートの誘いか？」工藤が流暢なフランス語で返す。

「舐めるな。どてっ腹に鉛玉をぶちこむぞ」背の低いチンピラが脅しをかける。

雰囲気からして、この男が三人の中ではリーダー格だろう。

「やれやれ」工藤が箸を置いた。「付き合ってやるか」

三人に囲まれるような形で屋台を出た。

「これをつけろ」車に乗せられて、目隠しを要求された。

……どこに連れて行く気だ？　こいつらは何者だ？

「面白くなってきたな」俺の真横で工藤が笑った。「スリルこそが我が人生だ」

スコールが降ってきた。

激しい雨が車の屋根を叩く。

拉致されてから、三十分以上は経っている。目隠しをされているので外の景色は確認できないが、恐らく同じ道を行ったり来たりして俺たちを混乱させようとしている。

喉が渇いた。クーラーが壊れているのか、車内は異常に蒸し暑い。

後部座席に、俺と工藤と一番ガタイのいいチンピラが乗っている。背の低いリーダー格の男は助手席だ。ベトナム人のチンピラたちは、さっきからずっと黙ったままだ。喋っているのは、工藤一人だけだ。

「俺は世界の人種の中で、ベトナム人を一番尊敬しているんだ」

工藤がわざと間を取って、チンピラたちの反応を窺う。チンピラたちは相変わらず、口を閉ざしたままだ。

「なんせ、アメリカとのケンカに勝ったんだもんな。根性が違うよ」

いくらお世辞を並べようとも、無駄だ。チンピラたちがこの目隠しを外して、俺たちを解放してくれるわけがない。

「街を出たな。まさか、ジャングルに連れて行くんじゃねえだろうな」工藤が冗談交じりに言った。

たしかに、街ではあれだけうるさかったクラクションの音がしなくなった。ガタゴトと車の振動も激しさを増している。明らかに、舗装されていない道を走っている。

マジで、ジャングルに連れて行かれるんじゃねえだろうな……。また恐怖がおし寄せてきた。金玉が縮み上がってくるのがわかる。クソッ……。このメンタルの弱さを克服しない限り、本物の〝魔法使い〟にはなれない。

「ところでお前ら、幾らで雇われたんだ？」工藤がチンピラたちに訊いた。「その金額の倍を払うから俺たちに寝返らないか？」

殴られた音がした。

「痛っええ……」工藤が呻く。「真面目だねえ」

それから、二十分ほど走り、車が止まった。

「よし、目隠しを外せ」リーダー格の男が言った。

「あらら。俺の予想どおりになっちまったな」

俺たちは、ジャングルのど真ん中に連れ込まれていた。


「ウェルカム・トゥ・ザ・ジャングルってやつだな」工藤が自虐的な笑みを浮かべた。

もう少しで日が暮れる。

ジャングルは初体験ではない。五歳まで、ジャングルのすぐ横の村に住んでいた。遠い記憶で、駆け回っていたような気もする。

ただ、闇に包まれたジャングルを歩いたことはないはずだ。日本での生活に慣れてしまった今の俺は、この場所に恐怖しか感じない。

スコールは止んでいたが、地面がひどくぬかるんでいる。今にも無数のヒルが足元から這い上がってきそうだ。

「降りろ」

リーダー格のチンピラが、助手席で銃をチラつかせた。ここは街中ではない。いつでも銃をぶっ放せる。

「いやあ。ドライブを満喫したぜ」工藤が首をコキコキと鳴らす。この現状に追い込まれても、この男だけはヘラヘラと笑っている。

車から降ろされた。運転をしていたチンピラがトランクを開け、機関銃を取り出した。

「おいおい。大げさな物が出てきたぞ」工藤が両手を上げる。

「歩け」リーダー格のチンピラが俺の背中を銃口で突いた。

よく見ると、ジャングルの奥深くへと続く獣道がある。

「虫が多そうだな。俺、蚊が大嫌いなんだよなぁ」工藤が顔をしかめる。「話し合うなら、冷房の効いた店でやらない？　冷たいビールでも飲みながらさ」

リーダー格のチンピラが、おもむろに銃で工藤を殴りつけた。

「グハッ！」工藤が顔面を押さえながら転がった。

「少しは黙ってろ」リーダー格のチンピラが工藤を蹴り上げた。

工藤が、さっき食べたばかりのベトナム料理を吐き出した。辺りに酸っぱい香草のニオイが漂う。

「臭えんだよ」リーダー格のチンピラが、もう一発蹴りを入れた。

工藤が体をくの字に曲げて、呻き声を上げる。

背の高いチンピラが、工藤の髪の毛を摑んで、無理やり起こした。工藤がフラフラとした足取りで歩き出す。

「せっかく食べた料理を吐き出しちまったよ」工藤が日本語で呟いた。「帰りに、またあの屋台に行こうぜ」

「本気で言ってんのか？」俺も日本語で答えた。

「まだ牛肉のフォーを食べてないんだよ」工藤がウインクをした。

この男だけは……。

「止まれ」

二百メートルほど進んだところで、リーダー格のチンピラが言った。

ここで、殺されるのか……。

俺は、そっとポケットに手を入れて、愛用のジッポーを握った。

機関銃を持ったチンピラが俺たちの前に立ち塞がった。

クソッ。死んでたまるかよ。

まだ銃口はこっちを向いていなかった。撃たれる瞬間を見計らって反撃するしかない。

……どこから、情報が漏れた？　俺たちがベトナムに来た目的を知っている人間はいないはずだ。もちろん、俺は誰にも喋っていない。て、ことは……。

俺はチラリと横目で工藤を見た。飄々とした表情で両手を上げている。

こいつが誰かに喋った？　何のために？　決まっている。俺を裏切るためだ。相棒ではあるが、仲間ではない。たとえ、裏切られたとしても、騙されるほうが悪い。俺たちの業界の当たり前すぎるルールだ。

唐突に、機関銃を持ったチンピラが銃口で地面を叩きはじめた。

「おいおい、わざわざ、穴を掘る気じゃねえだろうな？」工藤が眉をひそめる。「俺たちに自分の墓を掘らせるとか言うなよ」

そんな必要はない。俺たちを蜂の巣にして、この場所に捨てていけば、ジャングルの動物や虫が俺たちの死体をキレイに片づけてくれるはずだ。

機関銃を持ったチンピラは、移動しながらも黙々と地面を叩いている。何かを探しているみたいだ。

カン、カンと乾いた音がした。なんだ今の音は？……鉄？

それが合図かのように、一番ガタイのいいチンピラが地面を摑んで、持ち上げた。鉄の蓋が出現した。

「おっと……意外な展開だな」さすがの工藤も驚いた顔で言った。

「降りろ」リーダー格の男が銃をかまえた。

……地下室？

俺は穴の入り口から中を覗き込んだ。古いコンクリートでできた階段が見えた。

「降りてもいいけど、虫が多そうだな……」工藤が呟いた。

俺は足を踏み外さないように、ゆっくりと階段を降りた。暗くて、足元がよく見えない。

俺を先頭に、次に工藤。ベトナム人のチンピラたちがついてくる。

突然、明かりがついた。豆電球だ。階段の入り口にスイッチがあったらしい。

「へーえ、電気が通ってんのか」工藤が呟く。

鉄の蓋が閉められた。だが、息苦しさは感じない。空気も通っている。

一体、ここは何の施設だ？

階段が終わり、細長い廊下が続く。ところどころの豆電球でしか確認できないが、壁や天井のコンクリートは相当古い。

「年代物だな、こりゃ」

工藤も同じことを考えていたみたいだ。

三十メートルほど歩かされた先に、鉄のドアがあった。

リーダー格の男が俺を押し退けた。ドアの横に、テンキーのボタンがあった。リーダー格の男が番号を打ち込む。

「電子ロックかよ……」工藤の声に、ようやく緊張感が交じった。

嫌な予感がビンビンする。この施設はヤバい。こいつらもただのチンピラじゃねえな……。

地下に潜ってから、明らかにベトナム人たちの動きが変わった。身のこなしかたに規律が見える。

「お前ら軍人だな。てことは、ここは軍の施設か」俺の代わりに、工藤が言った。

ベトナム人たちは相変わらず質問には応じない。

ピーッという電子音が鳴り、鉄のドアが開いた。「入ってこい」リーダー格の男が、先に中に入る。

「中に竜宮城があったらおもしれえのにな」工藤がまた減らず口を叩く。

俺は下腹に力を入れて覚悟を決めた。ここまで、大げさな場所に連れてこられたのなら、それ相応のハプニングが己の身に降りかかることは目に見えている。

足を踏み入れて、愕然とした。

なんだよ、これ……。

あとから入ってきた工藤が口笛を吹く。「一流大学の化学研究室みたいだな」

コンピューター、薬品類、実験器具……。どう見ても最新の設備が整っている。

「ようこそ。天国へ」

白衣を着た男が現れた。年老いた白人だった。

19

「君たちが日本からやってきた勇気ある者たちかい？」

年老いた白人は、流暢な英語で言った。妙に陽気な感じの老人だ。ニコニコしながら俺と工藤に握手を求めてきた。応じないわけにもいかず、俺は渋々と手を差し出した。皺くちゃの手でガッチリと握ってくる。

歳は七十代前後だろうか？　頭は見事に禿げあがり、耳のうしろにわずかに白い髪が残っているだけだ。腰は少し曲がっているが身長はかなり高く、若い頃は大男と呼ばれていたはずだ。立派な白い口髭を蓄えている。

「私の名前はジェイムソンだ。気軽にジムと呼んでくれ」

「俺たちに何の用で？」工藤が訊いた。もちろん、英語も話せる。

「君たちが探しているものを見せてやろうと思ってね」

俺と工藤は顔を見合わせた。どうやら、すべてが筒抜けらしい。

「こちらへ来たまえ」ジェイムソンは、俺たちを研究室の奥へと案内した。

不気味な部屋だった。モルモットの檻が無数にある。ジェイムソンが、その部屋の奥のドアをさらに開けて進んでいく。

「陽気なマッドサイエンティストだな」工藤が日本語で呟いた。「俺たちもモルモットにされたらどうする？」

俺は肩をすくめてみせた。工藤の態度が俺を怖がらせようとしているのが見え見えだからだ。俺はこの男に完全に舐められている。俺を〝魔法使い〟呼ばわりするのも、子供扱いしているだけだ。

「なんだ？」工藤が足を止めた。

奥の部屋には、ガラスで仕切られた部屋が二つあった。

左の部屋では、若くて逞しい白人の男性が雑誌を読んでいた。右の部屋ではベトナム人の男性がベッドに寝ていた。

高熱でもがいているのが、すぐにわかった。ベッドのまわりには嘔吐物が飛び散っている。

「まさか……」俺は、ジェイムソンを睨んだ。

「そのまさかですよ。彼ら二人は、あなたたちが探している細菌兵器に感染しています」

「……噂じゃなかったのか」

この仕事にいまいち乗りきれなかった原因がそれだ。

「スペイン風邪やエイズが、化学者が作った細菌兵器だという話を聞いたことがあるだろ？」

ジェイムソンがテーブルの上に並んでいる小型の魔法瓶ほどのカプセルを指した。

「私はアジア人だけが発症するインフルエンザのウイルスを作り上げることに成功したんだ」

「ほらな、俺の言ったとおりだろ？」工藤が勝ち誇った顔で俺を見た。

今回の仕事は、工藤が持ってきた。

ベトナム戦争時代にアメリカ軍が密かに開発していた細菌兵器を盗み出すという荒唐無稽な話だった。

もちろん、完全に信じてはいなかったが仕事を受けた。ギャラがいつもより倍以上と高額なのと、工藤に〝逃げた〟と思われたくなかったからだ。

「君たちは私のウイルスを狙いに来たんだろ？」ジェイムソンが、俺と工藤を交互に見た。

工藤が素直に頷く。「もし、アジア人だけが発症するウイルスが開発されたら、とんでもない儲け話になる」

「そのとおり。色々な使い道があるね」ジェイムソンが口髭を触りながら答える。「特に日本政府にとっては脅威になるだろう」

「ワクチンがなければ、インフルエンザはどんどん広がっていくからな。日本は島国だから世界から封鎖されるかもよ」工藤が、ゲームでも楽しむような口調で言った。

「君たちは日本を脅すつもりなのか？」

「ビンゴ」工藤が嬉しそうに言った。「バブル景気がそろそろ弾けるからな。取れるときに取っといたほうがいいだろ？」

　工藤の人脈は凄まじい。今回も裏社会の大物フィクサーを使い、政治家や大企業から金を搾り取るつもりだ。成功すれば、その額は天文学的な数字になるだろう。

「恐ろしいことを考える男だな」ジェイムソンが黄色い歯を見せた。

「よく言うぜ。戦争が終わったあともウイルスの研究を続けたあんたに言われたくねえよ」

「ベトナム戦争では間に合わなかったからな」ジェイムソンが、ふと遠い目になる。「この研究に人生を捧げてきた」

「凄い執念」工藤が鼻で笑う。「どう？　俺たちと一緒に組まない？」

「金額次第だ」ジェイムソンの目が光る。「私のウイルスが欲しいのは、君たちだけではないんでね」

「へーえ、他に嗅ぎつけた奴らがいるのか？　どんな奴？」

「アメリカ合衆国の大統領だ」

「なるほどね」工藤が舌打ちをした。「相手にとって不足はねえな」

「俺たちがベトナムに到着したのもアメリカ政府が教えてくれたってわけか？」俺はジェイムソンに訊いた。

「ご想像にお任せするよ」ジェイムソンが、またニタリと笑い歯茎を見せる。老人特有の口臭がした。

……となると、対抗馬はＣＩＡか。対峙したことはないが、裏で動かれるとかなり厄介な相手には違いない。

「なあ、ジム」工藤が人懐っこい笑みを浮かべた。たいていの人間は、この笑顔でコロリと騙されてしまう。「アメリカからいくらもらえるんだい？」

「ノー・コメント」ジェイムソンも笑みで返す。

「落ち目のアメリカなんかと組むより、俺たちと組んだほうが何かと得だと思うぜ」

「たいした自信だな」

「アメリカが世界ナンバーワンの座に居座っていられるのは今だけだ。あと十年や二十年もすればアジアの時代が来る」

「だからこそ、アメリカが私のウイルスを欲しがってるんだよ」

「……中国か？」工藤が片方の眉を上げた。「中国にナンバーワンの座を奪われそうになったときの切り札として取っておきたいわけね」

「私には関係ない」ジェイムソンがガラス越しに、ベッドで苦しむベトナム人を見た。「より私のウイルスを評価してくれる人間に売るだけだ」

「でも、まだワクチンが完成していないんだよな」

工藤の言葉に、ジェイムソンの顔から余裕の笑みが消えた。「……馬鹿にするな。とっくの昔にワクチンも完成しておる」

「詐欺師相手にハッタリ勝負はやめろって、ジム。アンタはまだ少量のワクチンしか作れずに行き詰まってんだろ？　どうしても量産ができずに、毎晩、ノイローゼみたいに嘆いているって聞いたぜ」

ジェイムソンの顔がみるみる赤くなる。歯ぎしりをして、工藤を睨みつけた。「誰から聞いた？」

「こいつらからさ」

機関銃を持っているベトナム人が、リーダー格のベトナム人に、突然銃口を向けた。一番ガタイのいいベトナム人が石のような拳で、リーダー格の男を殴りつける。

「さっきのお返しだ」工藤が気絶したリーダー格の男に言った。

「お、お前ら……裏切ったのか……」ジェイムソンがショックのあまり、苦しそうに胸を押さえてうずくまる。

「あんたがプロの化学者なら、俺はプロの詐欺師だ」工藤がジェイムソンを見下ろした。

「騙し合いで負けるわけにはいかないんだよ」

20

「蜂の巣になりたくなかったら、正直に答えてもらおうか」工藤がジェイムソンに詰め寄った。

ジェイムソンは後退り(あとじさ)しながら逃げようとしたが、機関銃を持った男が、逃がさないようにまわり込む。

「往生際が悪いぜ、天才化学者さんよ」工藤がジェイムソンの胸ぐらを摑んだ。「頭のいいアンタならわかるだろ？　この状況から逆転できる可能性は何パーセントだ？」

「ひっ」ジェイムソンが、ひどく怯える。「頼む。殴らないでくれ」

「殴られたくなければ答えろ。何パーセントだ？」

「……ゼロだ」

「よしっ。じゃあ、今から俺の言うとおりに動けるな？」

「も、もちろんだ」

「アンタのために、研究所を用意してある。ここから遠く離れた場所だ。まずは、そこに移動してもらう」

「い、移動して、どうする？」ジェイムソンが声を震わせて訊いた。

「決まってるだろ？　引き続きワクチンを作ってもらうのさ」

「それは……無理だ……」

「泣き言は聞きたくない。アンタがギブアップしそうだと聞いて、俺は駆けつけたのさ」

そこまで情報を摑んでいたのかよ……。俺は舌を巻いた。恥ずかしながら、俺の情報網にはそこまで引っかからなかった。

工藤が勝ち誇った顔で続けた。「ワクチンが完成しない限り、ウイルスは売り物にならないからな。アジア人の俺も感染する可能性もあるし」

「……完成はいつになるかわからんぞ」

「待つさ」

「十年……いや、二十年はかかる。私の命が先に尽きてしまう」

「優秀な助手たちも用意している。そいつらが研究を引き継げばいい」

「なんとも……」ジェイムソンがうなだれる。「用意周到な男だな」

「連れて行け」

工藤の合図で、二人のベトナム人がジェイムソンを研究所から連れ出した。

「さてと」工藤が銃を出し、俺に向けた。「自分の役割にはもう気づいているよな？〝魔法使い〟さんよ」

「ああ」俺は頷いた。

情けないことに、今の今まで工藤の策略に気づかなかった。

「悪いな。化けて出ないでくれよ」工藤が、ゆっくりと距離を詰めてくる。

「騙された俺が未熟だったってだけだ」

「素晴らしい。反省する奴は成長するぞ」工藤が悲しそうに笑った。「残念だよ。お前なら、俺を超える男になっただろうに」

「俺もそう思う」

「反省はしても、謙虚さはまだまだみたいだな」工藤が瞬きもせず、銃口を下げた。

乾いた銃声が鳴り響く。

右足に火箸が突き刺さったような痛みが走る。俺は片膝をついてうずくまった。くそっ……太股を撃たれた。

「……殺すなら、さっさと殺せよ」

「人を殺したことがないってのが俺の自慢なんだよ」工藤が銃をズボンのポケットに入れた。ガラスで仕切られた部屋のドアを開ける。ウイルスの実験をされていた白人が出てきた。こいつも軍人だろう。タンクトップの下の筋肉はゴリラのように盛り上がっている。

「紹介しよう。目撃者のスミス君だ」工藤が、英語で言った。

白人が大げさに笑う。たぶん、〝スミス〟というのは偽名なのだろう。

「スミス君、君は何を見た？」

「黒人の大男とこの日本人が、ジェイムソンを拉致しにやってきた。俺は反撃して日本人は殺したが、黒人には逃げられてしまった」

スミスが棒読みで、用意されていたセリフを言う。

「じゃあ、あとはよろしく頼むよ。あんまり、可愛がりすぎるなよ」工藤がウインクをして、研究所を出ようとした。

「待て！」俺は、工藤を呼び止めた。「ワクチンが完成しなかったらどうするんだ？」

「じっくり待つさ」工藤が、額の傷を掻いた。「そうだな……それまで、日本のどこか小さな商店街で、豆腐屋の親父にでもなるか」

「ふざけるな！」

「俺、豆腐がこの世で一番好きなんだ」工藤がにこやかな表情のまま、研究所を出て行った。

「イッツ・ショータイム！」

スミスが、俺の髪の毛を掴んで無理やり立たせた。拳がみぞおちにめり込む。とんでもなく重いパンチだ。

呼吸ができない。

苦しさのあまり、俺は床に倒れ込んでしまいたかったのだが、スミスが許さない。俺の体を軽々と持ち上げて、放り投げた。

床に叩きつけられた瞬間、右のアバラの骨が鳴った。折れた……。俺は次の攻撃に備え、咄嗟に腹をガードした。ここを蹴られでもしたら、折れた骨が内臓に突き刺さってしまう。

だが、容赦なく、分厚いブーツの先が飛んできた。避けきれずに、まともに顎で受けてしまった。脳が揺れた。意識が切れそうになるのを必死で堪える。

ダメだ。体が動かない……。まるで、子供と大人の喧嘩だ。体の大きさも倍ぐらいは違う。

「これで大人しくなったかい、ベイビー？」

ベイビー？　どういう意味だ。

「たっぷりと可愛がってやるからよ」

カチャカチャとベルトを外す音が聞こえる。

俺は上半身を無理やり捻り、状況を確認した。アバラの痛みに悲鳴を上げたくなるが、歯を食いしばって堪えた。スミスが迷彩柄のアーミーパンツを脱いでいた。子供の腕ぐらいはあろうかと思えるペニスがいきり立っている。

……そういうことか。

俺は今から犯される……。

「日本人は久しぶりだぜ」スミスが、わざとらしく舌なめずりをする。

スミスが俺のベルトを外した。体をひっくり返されてうつ伏せにされる。ズボンとパンツを足首まで一気にずりおろされた。

俺は握っていた手を開いた。肌身離さず持ち歩いているジッポーが手の平にある。ジッポーの蓋を開けた。

「何の音だ？」スミスが、カチャリという音に反応する。

スミスが俺の肩を摑み、仰向け(あおむ)けにひっくり返した。ジッポーだとわかり、鼻で笑う。「ファックされながらタバコを吸いたいのか？」

「火をつける以外にも使い道があるんだよ」

俺はジッポーの底を回した。

点火口の横からカシャリと隠し刃が飛び出す。職人に特注で作らせた品だ。刃は五センチほどしかないが、アキレス腱なら余裕で斬れる。

　俺はスミスの左足首にジッポーの刃を走らせた。

　スミスが悲鳴を上げてひっくり返る。

　両手で、左足首を押さえているので、頸動脈がガラ空きだ。俺は膝立ちになって飛び掛かり、スミスの首を狙った。


　三十分後、俺は地下の研究所から脱出した。

　日は完全に落ち、ジャングルは闇に包まれていた。ジッポーで辺りを照らし、帰り道の見当をつけた。ジャングルで迷子になったら終わりだ。俺は全神経を研ぎ澄ませて方向を決め、ゆっくりと歩き出した。撃たれた太股が痛む。弾は貫通していたが出血がひどい。応急処置でなんとか止血したものの、早く病院で見てもらわなければ敗血症になってしまう。

　当然、工藤たちの姿はない。猿か何だかよくわからない獣の鳴き声が遠くから聞こえてくる。

　不思議なことに怒りは湧き上がってこなかった。工藤が一枚上手だった。それだけのことだ。

　逆に高揚感が俺を支配していた。工藤に復讐するという人生最大の目標ができたからだ。

必ず、工藤の行方を探し出してやる。

『商店街で豆腐屋をやる』と言った奴の顔に嘘はなかった。死ぬ寸前だった俺に、初めて奴は真実を告げたのかもしれない。たとえ、豆腐屋をやっていなくても、世界のどこに潜伏していようとも、見つけ出してウイルスとワクチンを奪いとってやる。

それが、俺の復讐だ。

ジャングルの木々の隙間から、今にも降ってきそうな満天の星空が見えた。俺は込み上げてくる気持ちを抑えることができなかった。闇の中、星に向かって大声で笑った。涙が零(こぼ)れるほど笑ったのは久しぶりだった。

俺の手にはインフルエンザウイルスの入ったカプセルがあった。

これが俺の切り札だ。

第五章　二〇一〇年九月　大阪

21

とうとう、《スナック　象》がオープンした。

「いやあ！　ワクワクするわ！　まさか、自分がこの歳になってスナックのママやるなんておもてなかったわ！」

真っ赤なドレスを着た鏡子が、カウンターの中ではしゃいでいる。メイクも、目を背けたくなるほどゴテゴテに塗りたくっている。油絵の自画像みたいだ。

「……その服、どこで買ったんよ」私は鏡子に訊いた。

「ここの商店街に決まってるやんか。時間なかってんから。この奥に行ったらよそいきの服ばっかり売ってるブティックがあってん。めっちゃ、安かったんよ。なんぼやと思う？」鏡子は笑気ガスでも吸ったのかと思うほどニコニコと上機嫌だ。

本当にここで働く気なのか……。

私はカウンターの隅に座る石嶺を睨んだ。石嶺は虚ろな目で、鏡子を眺めている。「鏡子さんは働かなくてもいいですよ」と彼も何度もやんわり断ったのだが聞く耳を持ってくれなかった。

相変わらず、強引な鬼ババアだ。私はため息を呑み込んだ。

鏡子がいると、調子が狂う。それに、チクチクと胸の古傷が痛む気がする。

どうしても負い目を感じてしまう。鏡子は、希凛の代わりに刑務所に入った。その原因を作ったのは私だ。鏡子が明るく接してくれるほど、まっすぐに見ることができない。

「そろそろ、看板出そうか」石嶺がドアを開けて、看板の灯(ひ)を点けに店の外に出た。

桜は、《オープン記念！　ドリンクオール半額！》のビラを配りに出ている。

午後八時。遅い気もするが、石嶺に言わせると、スナックはだいたいこれぐらいの開店でいいのだそうだ。それに、スナックの営業に時間を無闇に取られてしまっては元も子もない。あくまでも、本来の仕事は別なのだ。

「あんた、そんな地味な服でいいの？」鏡子が隣に立つ私に訊いた。

「うるさいな。なんでもいいやんか」

ちなみに私は、《ジル・サンダー》の黒のドレスだ。結婚詐欺でパーティに出席しなくちゃならないときに重宝していた。鏡子が着ている安物の五百倍の値段はするが、あえて何も言わなかった。

「これで、希凛もおれば完璧やのにね」鏡子が寂しそうに呟いた。

「完璧って何？」私は苛つきを抑えずに訊いた。

弱々しく年老いた鏡子を見ていると胸がむかついてくる。

「また、あんたらと同じ時間を過ごせるかなとおもたんよ」

「虫のええこと言わんといてや」

私は、鏡子に見えないように、カウンターの下でギュッと拳を握りしめた。

「わかってる。希凜をあそこまで追い込んだんは私やもんね」鏡子がしばしばと瞬きをする。

「あんたも人様を騙すような職業にしてしもうたし、保護者失格やわ」

「だから！」私はついカッとなって、カウンターを殴った。「そういうこと言うのをやめてって言ってるんやんか！」

「ハム子……」鏡子の大きな付け睫の下の目が潤む。

「ウチらがどういう人生を歩もうが勝手やろ！　何でもかんでも自分の責任にせんとってや！」

ヤバい。こっちの目も潤んできた。

「どないしてん？　デカい声出してからに」石嶺がドアから顔を覗かせ、ゲジゲジの眉をひそめる。「親子喧嘩か？」

「親子ちゃう！」私は、石嶺を睨みつけた。

石嶺は、自分で訊いておきながら私の返答には何の反応も示さず、「第一号のお客さんが来たぞ」と言った。

「カンちゃんやろ？」

必ず店に顔を出すように指示を出していた。集まってきた商店街の住民たちの前で、プロポーズさせる作戦なのだ。

どう考えても不自然だが、象と希凜を人質に取られている今、グズグズしていられない。なんとしてもあの二人は私が取り返す。

「カンちゃんもやねんけど……」石嶺がドアを開けた。

「お邪魔しますよ」色黒の男が店に入ってきた。

誰？　この人？　一発で只者ではないとわかった。この寂れた商店街に似つかわしくない雰囲気を醸し出している。生死を懸けた修羅場を潜り抜けた者だけが持つ、独特のオーラだ。白髪を耳の上に少しだけ残して禿げあがり、背中も少し曲がっているが、目つきの鋭さが尋常じゃない。年齢は鏡子と同じぐらいだろうか。

……ハリーと同じ匂いがする……うん。間違いない。ハリーの狙いはこの男だ。

「初めまして。勘一の父親の田辺末吉(すえきち)でございます」深々と頭を下げる。「息子がえらい世話になったそうで」

右眉の上に、丸い傷跡のようなものがついていた。

何の傷？　銃で撃たれたの？……まさかね。ありえない。位置的にそんな場所に弾がめり込んだら脳が損傷するはずだ。無事では済まないだろう。

「すんません。親父がどうしても挨拶したいって言うもんやから……」

田辺末吉の背後から、カンちゃんが顔を出した。

続いて、石嶺も店に入ってきて威勢よく両手を叩いた。「さあ、座ってや。今日はドリンクがみんな半額やさかい。バンバン飲んでちょうだいね」

石嶺本人は愛嬌たっぷりのつもりなのだろうが、端から聞いたら恐喝と変わりない。カンちゃんが、石のように固まっている。石嶺が怖いのだ。

「石嶺さん、お店は私らに任してパチンコでも打ってきたら？」私は精一杯の営業スマイルで言った。

「な、なんでやねん。わしかって手伝うがな」

営業妨害なんだよとは言えない。

「まだ、お客さんが少ないしね……ほらっ。カウンターも狭いし……」

「隅っこのほうにおるから大丈夫や。焼きそばのオーダーが通ったら、わしに焼かせてくれ。目玉が飛び出るほど美味いの作ったるさかい。テキ屋で鍛えた腕を見せたるわ」

ヤクザのくせにどうして空気が読めないのか？　もしくは空気が読めないからヤクザにな

ったのか。

「パパ！　何してんのよ！」

突然、鼠色のスウェット姿の桜が、ズンズンと店に入ってきた。制服姿は清純派だったのに、ダボダボのスウェットを着ると大阪のヤンキー娘に見えるから不思議だ。

「イタッ！　痛いがな！　何すんねん！」

桜が石嶺の耳を引っ張り、店の外へと連れ出す。「宿題を手伝ってくれるって言ったでしょ！」

桜の機転のおかげで助かった。コテコテの大阪弁の石嶺の娘が標準語というのは、思いっきり違和感があるが……。

「すいません。騒がしくて」私は再び笑顔を浮かべ、田辺親子を見た。

「いらっしゃいませ」鏡子もニッコリと笑って、おしぼりを出す。中々、板についた動きだ。

数年前、《世良学園》は閉鎖されたと聞いた。希凜がまだ健康だった頃だ。鏡子が今まで何で食いつないできたかは知らないが、もしかしたら、水商売も経験したのかもしれない。

さっきまでのテンションがアゲアゲの言動は、それを隠す芝居だったのか？

「ほんなら、ゆっくりと飲ませてもらおうか。べっぴんさんも貸し切りやしな」田辺末吉がニンマリと笑ってカウンター席に腰掛けた。

「いややわ。変なお世辞言うて」鏡子がまんざらでもない顔で喜ぶ。

カンちゃんも照れ臭そうに、父親の横に並んだ。

よく見ると似ている親子だ。ソックリとまではいかないが、顔の輪郭や目の色、耳の形が同じだ。ただ、田辺末吉がまとっているアウトローの空気が、カンちゃんには微塵もない。

「まずはビールにしよか。べっぴんさんたちも飲んでや」

「いただきます」鏡子が、そそくさと冷蔵庫から瓶ビールを出し、四つのグラスに注いでいく。

私は飲みたくなかったが仕方がない。田辺末吉を気持ちよく酔わせて、息子との結婚を認めてもらうのが先決だ。

「乾杯しよか」田辺末吉がグラスを持ち上げた。

「何に乾杯します？」鏡子が訊いた。

「じゃあ、〝魔法使い〟に乾杯しよ」

田辺末吉が、私のグラスに自分のグラスを合わせてきた。

「何ですの、それ？　嫌やわ。また変なお世辞言うて」鏡子が、浮かれながら田辺末吉と乾杯する。

田辺末吉のヘビのような目が、じっと私を見つめている。

この男は知っている。ハリーと私の関係を……。

背中の皮膚が、痺(しび)れるほど冷たくなった。

22

「おっ！　やってるがな！」

乾杯してから五分も経たないうちに、ポポさんの軍団が店に入ってきた。相変わらずポポさんはアメリカ国旗のバンダナを巻いている。喫茶店のエプロンをつけたままだ。

「見に来たでぇ〜。見に来たでぇ〜」でっぷりと太ったナベさんが、カンちゃんの脇腹をくすぐる。今日もポロシャツだ。

「ひゃっ！　や、やめてくださいよ！」カンちゃんが、声を裏返して身をよじる。

「何を見に来たんですか？」鏡子がナベさんに訊いた。

「カンちゃんのフィアンセ〝吉田照子〟さんに決まってますやん！」ガリガリに痩せたコマさんが私の新しい名前を言った。ハリーから指定された名前だ。カンちゃんにその名前を使うように指示を出している。

この人も、前と同じキッチンコートを着ている。年中仕事を抜け出しているのだろう。

「ははは、やめてくださいよー。照れるやないですか。一昨日、《ポポハウス》で会ったでしょ？」

「近くでじっくりと拝ませてもらうんやんけ！」コマさんが、漫才のツッコミのように、照れるカンちゃんの後頭部を叩く。

カンちゃんの隣に、ポポさん、ナベさん、コマさんの順に座った。一気に店内の酸素が薄くなる。

ポポさんたちもビールを注文した。鏡子の渡したおしぼりで顔やら首を気持ちよさそうに拭く。

「田辺さん、この度はおめでとうございます」

ポポさんたちが、田辺末吉に挨拶をした。

「いやいや、父親の私も寝耳に水でんねん。このアホタレが、いきなり今朝になって『結婚したい人がおる』って言い出すもんやから」田辺末吉が、困ったような嬉しそうな顔をする。

「なんでカンちゃんだけが、こないにモテるねん！　それも、どえらいべっぴんさんばっかりや。納得いかへんわ！」コマさんが、またカンちゃんの頭を叩いた。

「やめてくださいってば〜」カンちゃんが頭をさすりながらデレデレと笑う。

このアホが……。私もシバキたくなってきた。グーで鼻をぶん殴りたい。誰も「結婚のことを言いふらせ」とは指示を出していないだろうが……。気を利かせたつもりなのかもしれないが。

素人はこれだから怖い。よかれと思って勝手な行動を取る。おそらく、カンちゃんの一言で田辺末吉が私とハリーの関係に気づいた。やはり、カンちゃんを味方につけたのは失敗だったか……。

くそっ。気持ちを切り換えろ。後悔しても、もう遅い。

《世良公子の十のルール》其の五を思い出せ。《ミスを振り返るな。前に進め》だ。

「こんな奴のどこがいいの？」ナベさんが私に訊いてきた。

「ほんまや。パチスロしか趣味がないねんで？」コマさんも私を見る。

「コラッ。お前ら。親御さんの前で何を訊いとんねん」ポポさんが二人を窘めた。年上のポポさんは、まるで二人の引率者だ。

「ええんです。私も、なんでウチの息子が気にいったのか教えて欲しいですわ」田辺末吉が、また例の目でジッと見据えた。

「優しいところです」私は少しはにかんで答えた。

困ったときの返事はこれに限る。

「カンちゃんが優しい？　どこがやねん！」コマさんが声を張り上げた。「こいつ、十代の頃はバリバリのヤンキーやったんやで」

マジ？　まったくそんなふうに見えない。目の前にいるのは、スポーツ刈りの冴えない男だ。

「ほんまに？　全然、そんなふうに見えへんわ」鏡子も驚く。「人は見かけによらへんって言うけど……嘘やろ？」

「嘘ちゃうで。暴走族のヘッドやっとったんや。こんな細い体しとるけど、喧嘩したらメチャクチャ強いねん」

「昔のことは言わんとってくださいよ。若気の至りです」カンちゃんが耳の上を掻いた。

「カンちゃんの通り名〝九条の赤鬼〟やで。頭突きが得意やから、相手の返り血で顔が真っ赤になるんや」ナベさんが補足した。

「だからやめてくださいって！　公子さん、引いてるやないですか」

「キミコ？」田辺末吉が低い声で言った。「吉田照子さんやろ？」

このアホ！　どんだけ初歩的なミスを犯しとんねん！

……泣きたい。本名を教えるんじゃなかった。

カンちゃんが露骨に「しまった」という顔をする。「いや……あ、あの……僕、照子さんって、ちゃんと言いましたよね？　ポポさん？　ね？」

カンちゃんがしどろもどろで、ポポさんに助け船を求めた。この男に本当に暴走族のヘッドが務まったのか疑問だ。

「いや……完全に〝きみこ〟と聞こえたけどな」

コマさんとナベさんも、うんうんと頷く。

カンちゃんの額にベットリと脂汗が浮かんできた。呼吸を止めているのか、みるみる顔が赤くなってくる。

「おいおい、赤鬼になっとるがな」

コマさんがカンちゃんの肩を揺するが、反応しない。

「さっさと説明せんかい」田辺末吉が脅すような口調で言った。

「実は公子って言うのは源氏名なんです」鏡子が口を開いた。「この子、去年までソープランドで働いていたんです」

何を言い出すんだ、この鬼ババア！　叫び声が喉まで出かかった。田辺末吉がいなかったら大声を出していただろう。

「ソ、ソープ？」ナベさんが目を丸くした。

男たちの目の色が変わる。六十歳手前のポポさんまでもが、驚きと好奇の目で私を見た。

「そ、そう、ソープなんです……」カンちゃんが苦し紛れに鏡子に合わした。「雄琴のソープで僕たちは出会ったんです」

「こんな不良娘をもろうてくれる人がおるなんて、夢にもおもてなかったですわ」鏡子が声を震わせて言った。

素人としては名演だ。さすが、女手一つで児童養護施設をやってきた玉だ。もともと、肝は据わっていた。私が子供の頃、借金取りのヤクザを、箒を持って追い返していたのを憶えている。あのときの私は、希凜と抱き合って部屋の隅で震えているだけだった。

「お母さまでしたか……」ポポさんが、慌ててアメリカ国旗のバンダナを取ろうとした。

「いいんです。気を使わんとってください。そのバンダナ、よう似合ってますね」鏡子がニッコリと笑った。

「お、おおきに……」ポポさんが鼻の下を伸ばす。

「カンちゃん、お前、めっちゃ優しい奴やってんな」ナベさんが涙ぐみながら言った。「勘弁してくれ。今の今までパチスロしか能のない、豆腐もまともによう作らん、ただのボンクラやと思ってたわ」

「俺もや」コマさんも目をウルウルさせて謝罪した。「どうしょうもない、負け犬やと思ってた」

「ええんやで」カンちゃんが複雑な表情で頷く。

途端に、男たちの言葉数が減った。私がソープ嬢だということになり、冗談が言いにくい空気になってしまった。お通夜のような雰囲気の中、ちびりちびりとビールを啜るように飲んでいる。

田辺末吉だけが、変わらぬ表情で座っていた。唇に軽い笑みを浮かべたまま、私を観察している。

この男は何者だ？　私がソープ嬢だなんていう嘘は端から信じていない様子だ。

「……ところで、田辺さん。豆腐屋はどうしますんや？」ポポさんが、沈黙を破った。「店の中のものが一切合財盗まれましたやろ？」

「ほんま、不思議なことがあるもんやでえ」ナベさんが、助かった、とばかりに会話に参加する。

「夜中やったとはいえ、商店街の誰にも見られずにそんなことってできるもんやろか？」コマさんも、続いた。

田辺末吉が、グラスの底のビールを飲み干した。「魔法使いが現れたんですよ」

男たちがキョトンとして、顔を見合わす。真相を知っているカンちゃんだけが、そわそわと落ち着かない。

「犯人に心当たりはあるんですか？」鏡子がビールを注ぎながら訊いた。

鏡子も、私とハリーとの経緯は知っている。わざわざ訊くということは、鬼ババアなりに田辺末吉をマークしているのかもしれない。

田辺末吉が、グラスから零れそうになるビールの泡をかさついた唇で受け止め、言った。

「豆腐屋になる前は、ちょっとばかしヤンチャなこともしてきたし、知らんところで誰かの恨みを買うてるかもしれませんな」

「そういえば、田辺さんの前の仕事は聞いたことないわ」ナベさんが身を乗り出す。「この商店街で店を開きはったんはいつからでしたっけ？」

「二十年前や」田辺末吉が、グイッとグラスの半分ほどビールを呷る。

「ウチのクリーニング屋よりも一年早いんか」

「もっと長くやってるかと思ってましたわ」コマさんが口を挟む。

「神様が『そろそろ引退したらどうや？』って言うとるのかもしれへんなあ」ポポさんが微笑みながら言った。

「豆腐屋を辞めろってことでっか？」田辺末吉が、笑い返す。しかし、目は笑っていない。

「思い切って若い者に任してみたらどうですか？」ポポさんが、カンちゃんと私を交互に見た。

「でも……僕が店を継ぐにしても、豆腐を作る機械が……」カンちゃんが自信なさげに俯く。

「別に豆腐屋にこだわらんでもええがな。店舗は残ってるんやから、自分の好きな商売始めたらええねん」

「いや……まあ……そうですけど……」

「夫婦で力を合わせたらなんとかなるがな！　ねえ、テルちゃん！」ポポさんが、私を見て爽やかに笑った。

テルちゃんて……。

「焼きそばの紅しょうががないから買ってくるわ」私は耐えられなくなって、カウンターを出た。

「あ、ぼ、僕が行きますよ」カンちゃんが、余計な口を出してくる。「商店街なら僕のほうが詳しいし」

「大丈夫。あなたはお客さんのお相手してあげて」私は、ドアを開けた。

「あなた、やって！　羨ましいのう！」

店内からカンちゃんを冷やかす声が聞こえた。

23

「あの豆腐屋のおっさんがハリーのターゲットやと？」

石嶺が、鉄板の上の豚モダン焼きをテコで切り分けながら顔をしかめた。慣れた手つきでサクサクと切っていく。

「やっぱりね」桜は割り箸でオムソバをつついている。こっちの手つきは、対照的におぼつかない。

「桜、おまえわかっとったんか？」

「この商店街の住人のデータをひと通り洗ったの。あの豆腐屋の店主だけが、この土地に来る前はどこで何をしていたのかがわからないのよ。て、いうか、この焼きそば食べにくいんだけど！」

「無理に卵とソバを一緒に食べんでもええがな」

「それじゃあ、このメニューを頼んだ意味がなくない？」

こう見ると普通の女子高生だ。「データを洗う」なんて真似ができるとは、到底思えない。生意気なガキだが、仲間としては心強くもある。

石嶺と桜は、商店街の入り口近くのお好み焼き屋で待機していた。

私は状況報告のために顔を出しただけだ。買い物に出ると言って出てきたので、ある程度の時間でスナックに戻らないと怪しまれる。

平日の夜のせいか、店は空いていた。誰もいない座敷スペースの一番奥のテーブルだ。店員が近づいてこないかぎり、声をひそめる必要はない。

「どうりで、ハリーが公子を豆腐屋に嫁がせたがるわけや」石嶺がテコを器用に使い、切り分けたお好み焼きを口に運ぶ。

熱そうにハフハフと食べ、あっと言う間に平らげた。二枚目に手をつけようとするのを桜が止めた。

「お箸、使えば？」異文化の食生活でも見るような目で石嶺に言った。

「アホぬかせ。コテで食わな、お好み焼きとちゃう。大阪のれっきとしたルールなんじゃ。あと、やたらめったらソースとマヨネーズを付けすぎる奴もわしは許さん」

「あっ、そう」桜が、オムソバの卵だけをもさもさと食べる。

「どや？　とりあえず、カンちゃんとは結婚できそうか？」石嶺が私に訊いた。

「まあね。かなり不安やけど」

私は大げさに肩をすくめた。スナックに戻れば、元ソープ嬢のけなげな婚約者を演じなければならない。

「ハリーはお前に何をさせるつもりや」

「わからんけど……何をするにしても厳しいと思う。すでに田辺が私とハリーの関係に気づいていると思うねん」

桜も箸を置き、話に加わってきた。「たしかに、〝魔法使い〟のやり口にしては荒すぎるよね。まるで、自分が近くにいることを田辺にアピールしてるみたい」

私は、三日前の車の爆発を思い出した。あれは、完全にハリーの命を狙ったものだ。

田辺末吉とハリーの間には、過去に〝何か〟があった……。

「カンちゃんが前に引っかかったっていう結婚詐欺師の女も、ハリーの差し金なんじゃないの？」桜が言った。「二回連続で結婚詐欺師に狙われるなんてありえないもん」

「なるほどな。だいぶ前から計画を練っとったわけかい」石嶺もお好み焼きを食べる手を止めた。

「どうして赤の他人の争いに、何の関係もない私らが巻き込まれなければあかんのよ」言いようのない怒りが込み上げてきた。涙で視界が滲む。「象はまだ五歳やで……」

「あのさあ」桜が軽蔑の目で私を見た。「泣き言はやめてくんない？　今まで、色んな人間を騙してきたんでしょ？　いつか自分にしっぺ返しがくると思ってなかったわけ？」

「桜。やめとけ」石嶺が窘める。

桜はやめなかった。「あんたがどれだけ不幸な過去を送ってきたか知らないけど、それを今回のペテンの言い訳にはしないでよね」

「……ペテン？」

「そうよ。詐欺じゃなくてペテン。私はチンケな詐欺師じゃない。世界一のペテン師を目指してるんだ。金のために人を騙すことはしない。自分よりも弱い敵とは戦わない。ハリーが狙っているお宝なんてどうでもいいの」桜が目を輝かせて語った。「ワクワクしたいから、だからこの仕事をしている。私の天職なんだ」

店の入り口の方向から拍手が聞こえてきた。

「誰や」石嶺の顔に緊張が走る。

私と桜は座敷の上がり口を凝視して身構えた。

「いやあ。立派な演説だ。感動したよ」

ハリーが、ゆっくりと姿を見せた。いつものように、片手でフリスクのケースをカシャカシャと鳴らしている。

「おどれがハリーか」石嶺が腰を浮かした。

「そのままでいいですよ。俺も座りますんで」ハリーが靴のまま座敷に上がって胡座をかく。

「どうもはじめまして。噂の〝魔法使い〟です」

芝居がかった口調に桜が笑う。「自分で言うんだ？」

「あいにく決まった名前がないもんでね。通り名のほうが顔が利くんだ」ハリーが片方の眉を上げた。「君も〝魔法使い〟と勝負しにきたんだろ？」

「そうよ。勝つのは私だけど」桜も一歩もひかずに応戦する。「あとで魔法が不調だったとか変な言い訳しないでよね」

「凄い自信だな。桜ちゃん」

桜の顔色が変わった。「へえ。私も有名人なんだ」

「うぬぼれるな。俺が調べただけだ。君は業界ではまだ無名だよ」ハリーが鼻で笑った。

「おい、コラッ。いつまで調子に乗っとんねん、ワレェ」石嶺がのっそりと立ち上がった。額に血管が浮き上がっている。「シバき倒すぞ」

「いつでもどうぞ」ハリーが胡座のままニッコリと笑う。

「ダメよ。人質を取られてるの忘れないで」桜が石嶺に言った。

「わかっとるわい……」石嶺は歯を食いしばり、鼻から荒い息を出した。

「いいよ。人質は関係なしで喧嘩をしよう」ハリーがフリスクを麻のスーツの胸ポケットに入れた。「俺が負けたとしても、人質には危害を加えないことを約束する」

「ホンマやろな？　男に二言はないど」石嶺が鉄板から離れ、ハリーの前に仁王立ちになる。

まさに一触即発だ。

「やめてや！」私は、店員が気づくように大声で叫んだ。

……おかしい。店内から人の気配がしない。

「店員たちなら眠ってるぜ。せっかくの名シーンを邪魔されたくないからな」ハリーは私のすることなんて見透かしていた。

桜が立ち上がり、石嶺の腕を引っ張る。「もう帰るよ。こいつのこと相手にしないで」

石嶺の全身からは怒りが噴き出している。

「もう一度言う。この喧嘩に人質は関係ない。男と男の約束だ」ハリーが胡座をかいたまま、さらに挑発した。「逃げんなよ、おっさん」

その言葉を聞くやいなや、石嶺が桜を押し退けた。「立てや、コラッ」

桜が畳の上に尻もちをつき、小さな悲鳴を上げた。

「はよ、立て」石嶺がハリーを見下ろす。

「いや、このままでいい」ハリーは座ったままだ。彼からは殺気が微塵も感じられない。

「どこまで舐め腐っとんねん」

「指一本触れずにお前を倒す」

「あん？」さすがの石嶺も戸惑っている。「頭わいとんのか？　触らずにどうやってわしを倒すねん」

何かがおかしい……。背中のうぶ毛が逆立った。

桜も何かに勘づいている。私たちは、ほぼ同時に鉄板の上のお好み焼きを見た。

ハリーが呪文を唱えるように呟いた。「俺は〝魔法使い〟だ。不可能はない」

突然、石嶺の体が固まった。変な声を上げ、腹を押さえて畳の上に倒れ込む。

「ほらな。倒れただろ」ハリーが立ち上がり、悶え苦しむ石嶺を見下ろした。

「お好み焼きに何を入れたんよ！」私は跳び上がり、ハリーの胸ぐらを摑んだ。

「その手を離せ。公子」

「何を入れた！　言えや！」

ハリーの拳が、私のみぞおちに突き刺さった。

「うるさい。耳元で怒鳴るな」

私は、息ができずにうずくまった。頭がクラクラし、気を抜いた瞬間に間違いなく意識を失う。

「毒を盛ったのね」桜が、冷静な顔で訊いた。ただ、声はわずかに震えている。

「死ぬほどの量じゃない。今すぐ病院に運んで胃を洗浄すれば数日で退院できる」

いつの間にそんなことができたのか……。ハリーは石嶺たちがこの店を利用するのをわかっていたということだ。

ずっと監視していた？　いや、ハリー一人では限度がある。この商店街に仲間が潜伏しているというのか。

ようやく息ができるようになってきて、私は体を起こし、ハリーを見た。

「お前らの想像どおり、俺のターゲットは田辺末吉だ」ハリーがまるで詩を朗読するかのような静かな声で言った。「いいか、奴が隠し持っているワクチンを手に入れろ。アジア人しか発症しないインフルエンザウイルスのワクチンだ。そのウイルスはベトナム戦争時代に化学兵器として開発されたものだ。俺は田辺と組んでそのウイルスを奪う仕事をしたが、奴に裏切られて夜のジャングルに置き去りにされたんだ」

ワクチン？　インフルエンザ？　ジャングル？　唐突すぎて何を言っているのか理解できない。

「田辺末吉は今夜中にも姿を消すはずだ。ただし、ワクチンを持って逃げるほど愚かな真似はしないだろう。この商店街のどこかに隠したまま、本人だけいったん消えるんだ。二十四時間以内にお前たちで見つけ出せ」

「……み……見つけられんかったら？」私は喉の奥から声を絞り出して訊いた。

「希凜と象が死ぬ。あの二人にインフルエンザのウイルスを打った。二十四時間は潜伏期間だ。発症はしない。ワクチンを投与すれば助かる。あっ、そうか」ハリーが思い出したように言った。「二時間前に打ったから、残りは二十二時間だ」

「そんなことしたら、日本中にインフルエンザが広がるじゃない！」桜が声を張り上げた。

「安心しろ。あのスーパーの上の、窓もない部屋に監禁している。感染が広がる心配はない」ハリーが座敷から降り、店の出口へと歩いていった。

「待てや……」私は立ち上がり、ハリーを追いかけようとした。足元がふらついてうまく歩けない。

「危ない！」

座敷から落ちそうになったところを背後から桜に抱きしめられた。

「期待してるぞ。世良公子。お前は俺の秘密兵器なんだ」

ハリーは優しい笑みを浮かべたまま、店の外へと消えた。

24

「救急車呼んで！　石嶺をお願いね！」

桜にそう告げると、私は転げ落ちるようにして、座敷から降りた。

「どこに行くのよ！」桜が携帯電話を出しながら叫ぶ。

「田辺末吉を捕まえる」

私は自分のヒールを拾い、裸足（はだし）のまま店の外へと急いだ。靴を履いている暇などない。

よしっ。走れる。足元がしっかりしてきた。もうふらつかない。

店を出る間際、横目で厨房を見た。倒れている従業員の足だけが見える。……死んでる？

いや、ハリーは眠らせたと言っていた。

「桜！　店員さんもお願いね！」

私はお好み焼き屋の戸を開け、商店街に飛び出した。

「うおっ。なんや、この姉ちゃん？」

オリックス・バファローズのハッピを着た数人のおっさんたちが、私を見て驚く。京セラドームでの野球観戦の帰りだろう。

「どいて！」私はおっさんたちを押し退け、全力疾走で走った。

おっさんたちは、ドレス姿で裸足で走る私を見て嬉しそうに囃し立てた。

「足速いのう！　赤星みたいやでぇ！」

「アホ！　赤星は阪神や！」

呑気に酔っ払いやがって……。

私は走りながら振り返った。「そこのお好み焼き屋で食中毒が起こってんの！　助けてあげて！」

おっさんたちは顔を見合わせ、血相を変えてお好み焼き屋に入っていった。少し、ホッと

する。桜一人より、大人たちがいたほうが安心だ。

私は前を向き、一目散に《スナック　象》を目指した。足の裏が痛いが気にしない。急がないと田辺末吉が帰ってしまう。

だけど、奴が店にいたところで、どうやってワクチンのことを訊き出す？　ポポさんたちがいたら、面倒なことになる。——クソッ。行き当たりばったりだ。考えてる余裕はない。いざとなったら半殺しにしてでもワクチンの隠し場所を吐かす。優先すべきは象と希凛の命だ。あの二人が助かるのなら、私はどうなってもいい。

すれ違う人たちが、私を見て仰天している。ドレスがまくれあがって、パンツが丸見えなのだろう。

《世良公子の十のルール》の其の九を撤回しなければならない。《常に優雅に振る舞え》だ。

今の私は、世界で一番無様な結婚詐欺師だ。涙と鼻水を垂らしながら、寂れた夜の商店街をペタペタと走っている。

タコ焼き屋、金物屋、文房具屋、中華料理屋、整骨院、うどん屋、和菓子屋、自転車屋、散髪屋、寿司屋、はんこ屋……。ほとんどの店がシャッターを下ろしていた。

ワクチンは、どこにある？　豆腐屋にないのは確かだ。ハリーが店内にあるすべてのものを奪ったにもかかわらず、見つけていない。あと二十一時間とちょっとで、この商店街から

探し出すなんてこと、田辺末吉がいなければ、不可能な話だ。

　ようやく《スナック　象》に着いた。

　お願い！　残っていて！　私は息を整える間もなく、店のドアを開けた。

「おかえり！」ポポさんが振り返る。「紅しょうがあった？」

　ナベさん、コマさん、カンちゃんも笑顔で私を見た。

　……いない。田辺末吉が座っていた席だけポッカリと空いている。

「どしたん？」鏡子が、すぐに私の異変に気づいた。「汗だくやんか」

「末吉さんは？」私は肩で息をしながら訊いた。

「オトンならトイレやで」カンちゃんが店の奥を指す。

「さっきからえらい長いウンコしてはるわ」

　ナベさんの冗談に男たちが笑う。

　私はカウンターに入り、武器になるものを探した。

「何、探してんの？」鏡子が眉をひそめる。

「アイスピックある？」

「あるけど……」鏡子が、カウンターの下から三本刃のアイスピックを出した。

「貸して！」私はひったくるようにしてアイスピックを取り、トイレへと向かった。

「何すんのよ！」

心臓がバクバクと鳴る。この感覚を昔も味わったことがある。希凜がナイフで宇賀神を刺した映像が頭を過った。

酔っ払っていた男たちも、さすがに何かおかしいと気づきはじめた。

「泣いてるん？」カンちゃんが私の顔を見て言った。店内の照明は暗い。

「しかも裸足やんか……」ポポさんも心配そうに呟く。

トイレの前に立ち、ドアをノックした。返答はない。ドアに耳をつけ、中の様子を窺う。物音ひとつしない。私はドアノブを回して引いた。鍵がかかっている。

「カンちゃん、このドアを開けて！」

「えっ……だって、オトンが」

「ええから！　早く！」

カンちゃんが、私の大声にビクリと体を震わす。

「なんかようわからへんけど、手伝おうか」コマさんが立ち上がった。「これぐらいの鍵やったらすぐに開けるで。ちょっと、それ貸して」

コマさんは、私の手からアイスピックを取り、ドアノブをいじった。三本刃のアイスピックは一本刃よりも刃の長さが短いが、刃の一本を鍵穴に差してガチャガチャといじった。

あっと言う間に鍵が開いた。

「よっしゃ」コマさんが、ドアをノックする。「田辺さん。開けてもええか？」

私は強引にコマさんの前に割り込み、ドアを開けた。

「あれ？　おらへんがな……」コマさんが呟く。「田辺さん……消えた」

そこには和式の便器があるだけだ。小窓はあるが、あまりにも小さく小学生でも抜けるのは厳しい。

私はトイレに入って天井を見た。コンクリートで塗り固められている。

……ありえない。どうやって脱出したの？

「はぁ？　そんなわけあるかい！」ナベさんがドタドタと駆け寄ってきた。

ポポさんとカンちゃんも驚いた顔で近づいてくる。

「ホンマや……ミステリーや」ポポさんがあんぐりと口を開けた。

「オ、オトンはどこに行ったんですか？　便所の中で神隠しにあったんですか？」カンちゃんが、泣きそうな顔でうろたえる。

私は、もういちどトイレの中をよく観察した。なんの変哲もない狭いトイレだ。大人が一人入れば、それだけで空間が埋まってしまう。

「ほんまにトイレに入ったん？」トイレから顔を出し、カウンターの鏡子に訊いた。

鏡子が目を丸くしたまま頷く。「何度かトイレを流す音したで」

一つだけ可能性があるとすれば、ここにいる全員が嘘をついているということだ。私は咄嗟に全員を観察した。……が、どう見ても演技をしているようには思えない。

血の気が失せてきた。田辺末吉を逃がしてしまった事実が、両肩に重くのしかかる。

『田辺末吉は今夜中にも姿を消す』

悔しいがハリーの予告どおりになった。

〝自分の姿さえ自由自在に消すことのできる男〟が隠したワクチンを見つける？　絶対に無理だ。私はよろけながらカウンターの席に腰を下ろした。耐えがたい絶望感に襲われ、涙が溢れてくる。

「象……希凜……」

私は子供のように泣いた。演技ではなく本気で泣くのは久しぶりだ。呼吸ができないほど嗚咽が漏れ、熱い涙が頬を流れる。

「ゾウ？　キリン？　動物園に行きたいの？」カンちゃんが、オロオロして私の顔を覗き込んだ。

「今日のところは帰ったほうがよさそうやな」ポポさんが、男たちを促す。

「田辺さんはどうすんの？　消えてんで？」コマさんが訊いた。

「わしらが酔うてたんやろ。そうとしか考えられへん」

ポポさんが納得いかない顔で首を捻る。

「そや。俺らがバカ話してる最中に、スッと帰ったんやろ」ナベさんが、コマさんの肩をポンポンと叩く。

「そういうことにしとこうか……」

ポポさんたちは店を出て行った。私と鬼ババア、カンちゃんが残された。

私はボロボロと泣き続けた。……私のせいだ。結婚詐欺師なんて仕事を選んだせいで、象と希凜を巻き込んでしまった。

「大丈夫？　何があったん？」とカンちゃんが私の手を握ると、「ちょっと、どいてくれる？」と言って、鏡子がカンちゃんを突き飛ばし、私の前に立った。手に見覚えのあるものを持っている。

子供の頃私が一番憎んでいたものだ。

鏡子が、どでかいそろばんを振り上げ、私の頭をガチンと殴った。目の奥で火花が散る。

懐かしい痛みだ。

「ええっ！」カンちゃんが驚いてスナックの壁に張りつく。

「痛いなぁ……。何すんねん、鬼ババア！」私は頭を押さえながら、鏡子を睨んだ。あっと言う間に涙が止まった。

「いつまで、ビービー泣いとんねん。それでも《世良学園》の一員か？」鏡子が手の平でそろばんをバシンと叩く。

「勝手に一員にすんなや。なりたくて、アンタの子になったんと違うねん」

「それは、どこの家の子も一緒やろが。親は選ばれへんねん。運命をエンジョイせんかい！」

「運命をエンジョイ？　駅の公衆便所に捨てられてた人間に向かって使う言葉か！」

私は、カウンターの上にあったグラスを壁に投げつけた。激しい音とともにグラスが割れ、ウイスキーと氷が飛び散った。

カンちゃんが口を開いた。「お母さんの言うとおりやと思います……。僕も好きで豆腐屋の家に生まれたわけじゃ」

「ちょっと、他人は黙っといてくれる？」鏡子が、そろばんをかざし、カンちゃんを脅した。

「すんません」カンちゃんがペコリと頭を下げる。

「公子。《世良学園の鉄の掟》を覚えてるか？」

私はふて腐れた顔で頷いた。忘れるわけがない。掟を守らなかったら、そろばんで尻が腫れあがるまでシバかれたのだ。

「第一条を言ってみ」

私はカウンターから立ち上がって、首の骨を鳴らした。

「《やられたら十倍にしてやり返せ》や」

頭をそろばんで殴られたせいで、シャッキリした。もうパニくることはない。

25

残り二十時間を切った。

私たちは、まず、石嶺が運ばれた病院へと向かった。京セラドームの近くにある総合病院だ。タクシーの中では三人とも無言だった。特に、カンちゃんは自分の父親のもうひとつの顔を知って愕然としていた。ゾンビのような顔で助手席に座りぐったりしている。

車内に不穏な空気が広がっていく。カーステレオから流れるAMラジオのアナウンサーの陰気な声が、さらにそれを加速させた。

ライトアップされた京セラドームが、夜の街に浮かぶ宇宙船に見えた。現実逃避は大嫌いだが、あの中から異星人が出てきて私の記憶を消し、連れ去ってくれたらいいのにと本気で思った。

久しぶりの妄想に、つい笑いが込み上げた。隣に座る鏡子に悟られないように、窓の外に目を向ける。こんなアホらしい妄想をしたのは何年ぶりだろう。

高校時代の私は妄想の達人だった。いつも《世良学園》の二段ベッドの上で、天井を眺めながら物思いに耽っていた。暇だったのだ。友だちも彼氏もいなかったし、悪い仲間と遊び回ってばかりいる希凜に嫉妬していたのかもしれない（当時は意地でも認めなかったが。あと、希凜が私よりも先に処女を捨てたのも気に入らなかった）。希凜の友だちは揃いも揃って頭の悪そうなヤンキーばっかりだったが、それなりに賑やかで楽しそうでもあった。

孤独は辛い。おかげで妄想がメキメキと逞しくなっていった。結婚詐欺師になった私が世界中を股にかけて（なぜか地中海の避暑地が多かった）、金持ちかつ一筋縄ではいかないワールドクラスな男たちを手玉に取る姿を、毎晩のように思い浮かべてはニヤニヤしていたことを覚えている。

まさか、本当にワールドクラスの男を相手にするとは……。しかも、二人もだ。一筋縄ではいかないどころか、私は相手にもされていない。完全な子供扱いだ。

絶対に倒す。私の前に跪かせてやる。

私はチョモランマより高いプライドを持つ女、世良公子なのだ。

「命に別状はないって」

桜が一階の受付ロビーで待っていた。胃の洗浄を終えた石嶺は、麻酔が効いて眠っている。

「……良かった。とりあえずはひと安心ですね」カンちゃんが笑顔で言った。

「安心してどないすんの」鏡子が舌打ちをする。「まだ象と希凜が残ってるがな」

「あっ……すんません」カンちゃんが、泣きそうな顔で謝る。

桜が辺りを見まわす。診察時間を過ぎているのでロビーは暗い。緊急の患者を受け入れる待合室には数人ほどいたが、ここは私たちだけだ。

「田辺末吉は？」

「逃げられた。て、いうか……消えた」

私は《スナック　象》での出来事を手短に説明した。

「やるじゃん」桜がなぜか嬉しそうに笑う。新しいライバルの出現に燃えている目だ。

「こ、これから、どうするんですか？」カンちゃんが訊いた。

「田辺末吉か、ハリーを捕まえるしかないんだけど」桜が顔をしかめる。「時間がない」

「迷ってる場合ちゃうやん！　商店街を片っ端から探すしかないんとちゃうの！」私は噛みつくように言った。

「闇雲に動いても時間の無駄よ。キチンと作戦を立てなきゃ」

「桜ちゃんの言うとおりや」鏡子も頷く。「まずは、どうやって、こんな時間に商店街の人に協力してもらうかやな」

「あの……」カンちゃんが、おずおずと手を上げた。「その役目、僕にやらせてくれませんか」

「そら、よそ者の私らよりカンちゃんのほうがええとは思うけど」鏡子が私と桜を見た。

「私は反対や。カンちゃんは田辺末吉の息子やねんで」

それにカンちゃんの頼りなさでは、そんな重要な役を任せるわけにはいかない。

「だよね」桜も私の意見に頷く。「はっきり言って荷が重すぎ」

「まさか……オトンがそんな人物やなんて……ただの豆腐屋の親父と思ってました……トイレで消えるようなワザを持ってるなんて……」

おいおい、消えるワザって……。カンちゃんは、スナックで私の説明を聞いて以来、ショック状態が続いていた。顔面が硬直したままで目の焦点が定まらず、ずっと頭の中で何かを考えている。たしかに、自分の父親がアジア人しか発症しないインフルエンザウイルスのワクチンを隠して逃げたと言われても、どうすればいいのかわからないだろう。

「アンタ、いくつ？」桜が腕を組み、カンちゃんに訊いた。

カンちゃんは、スウェット姿の桜を上から下まで見た。明らかに年下とわかっている少女に対して、どう対処していいかわからない顔だ。

「……二十二歳です」

敬語で答えるカンちゃんを、桜が小馬鹿にしたように見ると鼻を鳴らした。「若いね」

お前のほうが若いだろ。そうツッコミたくなるのをグッと堪えた。今は仲間同士で揉めてる場合じゃない。

桜が質問を続ける。

「《田辺豆腐店》が九条の商店街にやってきたのは二十年前なんだよね？」

「オトンからは、そう聞いてるけど……」

「それまではどこに住んでたの？」

そうだ。それを私も知りたかった。ハリーと因縁があるほどの人物なら、普通の生活を送っているはずはない。

しかし、カンちゃんは力なく首を振るだけだった。「記憶にないんです。物心ついたときは、あの商店街にいましたし……オトンの話では名古屋から越してきたことになってます」

「昔の写真とかは？」鏡子が身を乗り出す。「アルバムとかあるでしょ？」

カンちゃんはもう一度、首を振った。

「一枚もないの？」

今度は頷いた。みんなに責められている構図になって心細いのか、また泣きそうになっている。

「いくらなんでもそれはないでしょ？　一枚ぐらいはあるでしょうが？」鏡子も桜の隣で腕を組む。生徒を叱る女教師が二人並んでいるみたいだ。

カンちゃんが頬をピクピクと痙攣させながら答えた。「か、火事で燃えてしまったらしいんです」

「どうせ、その火事がきっかけで大阪に引っ越したとか言うんでしょ？」桜がぶっきらぼうに言った。

「……どうしてわかったんですか？」カンちゃんがはじめて手品を見た子供のような顔で言った。

桜は、「そんなことぐらい自分で考えたら？」という顔で肩をすくめる。

誰にでもわかる。ありがちな嘘だ。これで、田辺末吉は息子にも自分の過去を隠していることがわかった。

一体、どんな過去だ？　ハリーとの間に何があった？

私は田辺末吉の額の傷を思い出した。右眉の上の丸い傷……。やはりあれは銃で撃たれた痕なのかもしれない。そして、あのヘビのような目。思い出すだけでも、背中のうぶ毛が逆立つ。

また嫌な予感だ。この予兆、ハリーに出会ってから立て続けに感じている。

「ハム子。びびってんのか？」鏡子が鋭い口調で言った。「この瞬間も、象はあんたを信じて待ってるで」

ボウリングの玉で胸を殴られたみたいにドスンときた。この鬼ババアときたら、昔からプレッシャーばかりかけてくる。

「きっと、今頃泣いとるわ」

そして、煽（あお）るのもうまい。私は子供の頃から、その挑発に引っかかってはテスト勉強をしたり、いじめっ子に仕返しをしにいったものだ。

「象は泣かへん。象は強い」私は自分に言い聞かせるように呟いた。

象がお尻を振っておどけている姿が、ふと浮かんだ。いつも、必要以上におどけては私を困らせてばかりいる。

あの子は強いのだ。希凜がドラッグに溺れて薬物更生施設に入り、離ればなれになってから急に明るくなった。あの子なりに頑張った結果なのだ。

「グズグズしてる場合じゃないよ！」桜が手を叩いた。「商店街に戻って、まずは《スナック　象》から調べるから」

「スナックなんか調べてどうすんのよ」

昨日、改装したばかりのスナックに、ワクチンが隠されているわけがない。

桜が半ば呆れた顔で私を見た。「田辺末吉が何か証拠を残しているかもしれないでしょ？」

「何の証拠ですか？　オトンは消えてしまったんですよ！」カンちゃんが興奮気味に言った。

「人が消えるわけないじゃん」桜が軽く笑い飛ばした。「私が種明かしをしてあげるよ」

26

今でも、象と初めて会ったときのことを覚えている。

突然、音信不通だった希凜から『ハムちゃん。ウチ、赤ちゃんができてん』と電話があった。怯えと恥ずかしさが入り交じった声だった。

ずいぶんと長い間、会っても話してもなかったから、すごくドキドキした。私の声も震えていたと思う。

とりあえず、『いつ生まれる予定なん？』て聞いたら『もう二歳になるんよ。よかったら会いに来てくれへん？』と言われた。

天満のストリップ劇場に来るように言われた。小汚くて今にも崩れそうなボロボロの建物だった。しかも、廊下奥に剝き出しの立ち小便用のスペースがあり、信じられないくらいアンモニア臭かった。

劇場に入り、一番うしろの席に座った。座席がむせるほどカビ臭い。あまりの不潔さに蕁麻疹が出そうになる。

狭い劇場だった。小さなステージに申し訳程度の花道があり、そのさきに大人一人しか乗れないぐらいの回転式ステージがある。照明機器も古く、半分以上が壊れていそうな代物だ。ステージ後方の銀色の幕も色褪せ、ところどころが破れている。

希凜は、こんなところで踊ってるんだ……。

同情するというより、引いてしまった。当時の私は結婚詐欺の仕事が絶好調で羽振りが良かったせいで、その悲惨さが耐えがたかった。

客も悲惨なほど少なかった。スポーツ新聞を読んでいるおっさんが三人と、踊り子のファンが二人、最前列でステージに投げるテープを用意しているだけだ。《ドルチェ&ガッバーナ》のジャケットを着ている私は〝掃き溜めに鶴〟というよりは、〝肥溜めにニコール・キッドマン〟で完全に浮きまくっていた。

音が途切れ途切れのスピーカーから、懐かしい洋楽のナンバーがかかった。ボーイズ・タウン・ギャングの『君の瞳に恋してる』だ。ミラーボールが今にも落ちてきそうなモーター音を出しながらガタガタと回りはじめた。

ステージに、キラキラの衣装をつけた希凜が登場した。弾むようなステップを踏み、淫靡(いんび)に腰を振る。思わず私は目を逸らしてしまった。疎(まば)らな拍手の中、希凜は衣装を脱ぎ捨てTバック一枚の姿になった。私の姿を見つけてにこやかに手を振る。

「ハムちゃん！　ほんまに来てくれたんや！　ありがとう！」

終演後、楽屋の前でジャージーに着替えた希凜に抱きしめられた。安っぽい香水の匂いがした。

「ウチの悪戯ぼうずに会ってくれる？」

象は楽屋の中で、ミニカーを手に一人で遊んでいた。その姿に、私の胸は巨人に摑まれたように締めつけられた。ずっと心にあった希凜とのわだかまりは、一瞬でどうでもよくなった。

「象って言うねん」

希凜は、ステージ上では見せなかった母親の表情になり微笑んだ。ミニカーをぶつけ合う息子を見てトロトロに蕩(とろ)けている。

「象？」さすがに、その名前には驚いたがすぐに納得した。キリンとゾウだ。

象は私を見て不思議そうな顔をした。「ママ、この人誰？」

「ママの大切な人やで。だから、象も大切にしてな」

「うん！　じゃあ、一緒に遊ぼ！」

象はさっそく私にミニカーを投げつけた。


《キララ九条商店街》に戻ったときは午前零時を回っていた。

残り時間は十九時間もない。タクシーを降りた私たちは商店街を早足に歩いた。

商店街は静まり返っていた。人通りはほとんどない。居酒屋以外の店舗はすべてシャッターを下ろしている。二匹の野良猫がじゃれ合うようにして、私たちの前を横切った。

「私にかまわず、先行っててや！」

鏡子が十メートルほど後ろから叫んだ。さすがの鬼ババアも歳には勝てないようだ。そろばんを持って私たちを追いかけ回していた頃の脚力は見る影もない。

走ろうとした私とカンちゃんを桜が止めた。

「焦りすぎだってば。体力は残しておかないと、いざっていうときに困るでしょ？」

憎たらしいガキだが、冷静な判断だ。すぐにワクチンが見つかるはずがない。首尾よく、《スナック　象》に残っているかもしれない〝証拠〟を発見することができれば、ワクチンではなく田辺末吉との追いかけっこになる。

「大丈夫です！　僕、体力には自信がありますんで！」

カンちゃんが忠告を聞かずに勝手に走り出した。しかも、その姿はまるで去勢されたニワトリのようだ。とても体力があるとは思えなかった。

桜は私と顔を見合わせてため息をついた。

「ぶっちゃけ、あの人邪魔だよね」

私は頷くしかなかった。そして、ずっと思っていたことを口にした。「カンちゃんのこと、どう思う？」

「どうって？」

「裏があるとは思わへん？」

桜が首を傾けた。「あれが演技かもしれないってこと？」

「田辺末吉と繋がってたら、私たちの行動は筒抜けになってるで」

「なるほどね……」桜が興味深そうに笑う。「今も走りながら父親にメールを打ってるとか？」

カンちゃんは五十メートルほど先を走っていた。手元までは見えない。

「変な質問してもええかな？」このガキに訊くのは癪だがしょうがない。「子供は親の嘘を見抜くことができへんの？」

桜が眉間に皺を寄せる。「意味がわかんないんだけど」

私は歩きながら続けた。「私は親に捨てられたからわからへんねん。普通の親子関係ってどんな感じなん？　親子でも平気で嘘をつき合ったりするの？」

「わたしの親子関係は普通じゃないから参考にならないと思うんだけど……」桜が困った顔になる。

「両親はご健在なん？」

「父さんは元気だけど母さんはいない」

「離婚したん？」

「母さんはわたしが子供の頃病気で死んだ」

桜は家族の話題に慣れていないのか、言葉にキレがなく目が泳いでいる。

「今、お父さんはどこにおるの？」

「東京。新しいターゲットに張りついてて忙しいの」

「もしかして、お父さんも詐欺師なん？」

「お父さんは結婚詐欺師に破産させられたから、ペテン師になったの」

「どんな親子やねん」思わずツッコミを入れてしまう。

「だから参考にならないって言ったじゃん」桜が口を尖らす。「もうやめようよ、この話」

「最後にひとつだけ」私は人さし指を立ててお願いした。「桜はお父さんの嘘を見破ることができる？」

初めて、桜と呼んだ。照れ臭いが、いつまでもガキ呼ばわりするわけにもいかない。今、私の相棒はこの少女しかいないのだ。

「そんなのわからなくてもいいんじゃない？」

桜は曖昧な返事をして私の少し前を歩いた。頭の先を糸で引っ張られている人形のように、背筋をピンと伸ばして立っている。最近の若い子は歩き方も姿勢もだらしない。こんなにも美しく歩く少女を久しぶりに見たような気がする。いつどこで見たのかを忘れるぐらい遠い昔の話だ。

桜はカンちゃんを信用しはじめている。独特の嗅覚で、善人と悪人を見分けているのかもしれない。私は自分のことを〝嘘〟を見破る達人だと自負していたが、どうやら違った。ただ、人のことを信用していないだけだった。

カンちゃんは《スナック　象》の前で待っていた。

「何やってんの？　ぼーっと突っ立って」私は思わずキツい口調で言った。

「す、すんません。鍵を持ってなかったから中に入れなくて……」肩で息をしながら答える。

じゃあ、何のために走ったのか？　ただ、無駄に体力を消耗しただけではないか。さすがの桜も苦笑いを浮かべている。

　鍵を開けているときに、鏡子もやってきた。こちらも息が荒く汗だくだ。

「アカン。ごっつい、しんどいわあ。めっちゃ久しぶりに運動したわあ」

　今にも座り込みそうなぐらいバテている。

「ちょっと、歩いただけやんか」

「だまらっしゃい。はよ、ドア開けてクーラーでキンキンに冷やしたって」

　休憩するつもりかよ……。カンちゃんといい、史上最弱の助っ人だ。

　ドアが開いた。念のため警戒して中を覗き込む。

　人の気配はしない。私は店内に入り、カウンター横のスイッチで照明をつけた。

　……誰もいない。

　カンちゃん、桜、鏡子の順で入ってきた。全員がトイレのドアを見る。

「カンちゃん、開けて」

　私の命令にカンちゃんが目を白黒させる。「えっ……僕が？　もし、オトンがいたらどうしましょ？」

「なに、びびってんのよ。入ってたとしても自分の父親やろ」

「そうですけど……」モジモジしたまま動こうとしない。

「どいて」痺れを切らした桜がカンちゃんの横をすり抜け、無造作にトイレのドアを開けた。

無人だ。和式便器しか見えない。

桜が中に入り、じっくりと観察する。二度ほどトイレの水を流すが何も起こらない。

鏡子がカンちゃんの腕をつついた。「アンタのお父さん、消えたんは今回がはじめてなん？」

「人のオトンを幽霊みたいに言わんとってくださいよ！　はじめてに決まってるじゃないですか」

「手品が趣味とかじゃないの？　たまに鳩とか出してなかった？」

本気なのか、おちょくっているのかわからない訊きかただ。

「豆腐しか作ってません！　少なくとも僕の前では……」カンちゃんの顔がまた赤くなる。

カンちゃんは心底ムキになっているように見える。これも私たちを騙すための芝居？　だとしたら、ロバート・デ・ニーロも裸足で逃げるほどの演技力だ。やっぱり、一〇〇％信用していいのか……。

ダメだ。《世良公子の十のルール》其の十は《誰も信じるな》なのだ。そう簡単に自分の決めたルールを曲げるわけにはいかない。

「長い棒みたいなものある？」桜がトイレから顔を出した。

カウンターの下に、掃除用のモップがあった。「これでいい？」

「バッチリ」桜はモップを受け取り、トイレの中に戻る。

「何をするつもりなん？」

私たちはトイレを覗き込んだ。桜はモップを使って天井をコツコツと叩いている。

「なるほどね……」一人で呟き、モップをトイレの壁に立てかけた。「だいたい、わかった」

「ほんまですか？　種明かししてくださいよ！」カンちゃんの顔がますます赤くなる。

桜はカンちゃんを無視し、もう一度トイレの中を見まわした。「ここしかないよね」

トイレットペーパーのケースを摑み、ガコッと外した。《この上にトイレットペーパーのケースを付けてください》と書かれたシールが貼ってある。

「わざわざ書くことじゃないじゃんね」桜がニンマリと笑い、シールを剝がした。

壁に赤いスイッチが埋め込まれていた。

「なんやのそれ……」鏡子が顔を近づけて目を凝らす。

「そ、それは……なんのスイッチですか？」カンちゃんがおずおずと訊ねる。

「押せばわかるんじゃない？」桜が何の躊躇もなく、押した。

いきなりトイレの水が流れた。カンちゃんがビクリと反応する。と、同時にトイレの天井から静かなモーター音が聞こえてきた。

天井が半分に割れ、ゆっくりと鎖で吊られて降りてきた。割れた半分の天井板が、ちょうど桜の腰の高さで停止した。

「一体……これは……」カンちゃんが鯉のように口をパクつかせる。

「脱出口みたいね」桜が降りてきた天井を指し感心する。「ここに足をかければ天井へと上がれるよ。中々、よくできてるじゃん」

鏡子も啞然として言った。「……忍者屋敷みたいやな」

驚いた。まさかこんな仕掛けがあるとは思ってもみなかった。

私は鏡子とカンちゃんを呆れた目で見た。「天井が降りてきた音は聞こえんかったん？　いくらなんでも気づくやろ？」

「すんません……」

「……カラオケで盛り上がっとってん」

二人がショボンと肩を落とす。

「田辺はいつの間にこんな物を作ったんよ……」

しかもどうやって？　改装したのは一日だけだ。工事の人間として紛れ込んだのか？

「いくらなんでも、作ったのは田辺じゃないでしょ」桜が腰に手を置いて私を見た。

「じゃあ、誰なん？」

「決まってるじゃん。この改装を指揮した人間よ」

まさか……石嶺？

「ひとつ、証拠が見つかったね」

「な、なんの証拠ですか？」カンちゃんが、激しく瞬きをする。

桜が、わざとらしくため息をついて言った。

「石嶺と田辺末吉がグルだってことよ」

27

石嶺と田辺が……グル？

桜以外の全員が狐につままれたような顔をしている。

「なんで……二人が組んでるの？」

私の質問に桜が肩をすくめる。「そこまではわかんない」

桜はさほどショックを受けていないようだ。こういう事態に慣れているのか、もしくはあらかじめ予想していたのだろう。

「石嶺とは仲間じゃなかったの？」

「私に仲間はいないし。基本は一匹狼だから」

「でも、裏切られてんで？」

桜が首を傾げ、私をじっと見る。「あんただって、最初は私たちのこと裏切るつもりだったんでしょ？」

バレていた。言葉が詰まってうまく出てこない。

「私たちの関係ってそんなもんじゃん。隙を見せたらやられるし、逆に隙を見つけたらつけ込む」

何も言い返せない自分が情けなかった。

チョモランマより高い私のプライドが音を立てて崩れていく。《世良公子の十のルール》には何の意味もなかった。《誰も信じるな》と言っておきながら、心のどこかで、仲間を求めていたんだから。まずはカンちゃんを信じよう。新生・世良公子だ。

桜が鎖で吊られた天井を踏み台にして、屋根裏を覗く。埃っぽいのか、ゲホゲホと咳き込んだ。

「誰もいない。念のために見ておく？」

桜と交代して天井の穴から頭を突っ込んだ。暗くて狭いが、トイレから漏れる明かりで充分に確認できる。

窓も何もない小さなスペースだった。田辺末吉はここに身を隠し、私たちが病院に行っている間に下に降りて堂々とスナックの入り口から出て行ったのだ。穴の近くの壁に、トイレの壁と同じスイッチがある。これを押せば天井が元に戻る仕組みになっているようだ。

「合い鍵を用意してたんじゃない？」桜がぶっきらぼうに答えた。

トイレに降り、腕組みをしている桜に訊いた。

「田辺はどこに行ったと思う？」

「わかるわけないじゃん。とっくに大阪を出たかもしれないし……まだこの商店街に潜んでいるかもしれないし」

後者の確率はかなり低い。私はガックリと肩を落とした。

「私らが消えた消えたって騒いでるときに、頭の上におったんやね……」鏡子が下唇を嚙む。

「僕、ワクチンを探してみます」カンちゃんが覚悟を決めた顔で言った。「ポポさんたちにも手伝ってもらうのはダメですか？」

私は桜と顔を見合わせた。「そりゃ、人手が多いに越したことはないけど……」

「いっそのこと、商店街の人たち全員に手伝ってもらったら？」鏡子が顔を輝かせて提案した。「カンちゃん、ここの商店街の人たちとは仲がいいんでしょ？」

「ちょっと待ってよ。そんなことしたらパニックになるじゃん」桜が二人を落ち着かせようとした。

「はい！　知らない顔はいません！」

しかし、カンちゃんは退かなかった。顔を真っ赤にして食い下がる。

「僕が何とかします！　必死で説明して、必ずみんなに協力してもらいます！」

「でも……」桜が助けを求めるようにして、私を見た。

「残り時間はどれくらいあるんですか！」

私は携帯電話の時計を見た。「あと……十八時間しかない」

足元からぞわぞわと焦りがせり上がってくる。

ヤバイヤバイヤバイヤバイ……。頭の中が白くなってきた。何かを考えようとすると、暗い部屋の中で体を寄せ合っている象と希凜の姿しか浮かばない。

「たしかに、手分けするしかないかもね」桜も頷いた。

カンちゃんが順に私たちの顔を見た。

「僕は商店街の連中とワクチンを探します。みなさんはハリーを捕まえてください。それと……僕のオトンも」

「そうと決まったら動かなアカンで」鏡子が急かす。「桜ちゃん、次はどうすんの？」

「石嶺と話をしたいところだけど、まだ麻酔が効いてるだろうし……」桜も考えがまとまっていない。

鏡子が私を見た。「希凜と象が監禁されてる場所はどこ？」

「西成の《玉ちゃんスーパー》の上。マンションがあるねん」

「そこに連れてって」

「何で？　ワクチンがないのに意味がないやんか？」

「いざっていうときのために知っておきたいんよ。時間ギリギリでワクチンが手に入っても監禁場所を知らんかったらシャレにならへんやろ？」

もっともだ。ハリーはインフルエンザウイルスの潜伏期間は二十四時間だと言っていたが、ワクチンを打つなら早いほうがいい。せっかくワクチンを手に入れてからモタつくのは愚の骨頂だ。

「私も知っておきたい」桜も鏡子の意見に賛同した。

私たちは、店の外に出た。カンちゃんはポポさんたちの協力を得るために別行動になった。カンちゃんにも監禁場所を知って欲しかったが、深夜を回っている。商店街の人たちが寝てしまう前にカンちゃんに人を集めてもらわなければ。

「……じゃあ、行こうか」

大通りまで出てタクシーを拾った。

なぜか、背中のうぶ毛がまた逆立ってきた。

道はガラガラだった。昼間の半分ぐらいの時間で、西成の《玉ちゃんスーパー》に到着した。

二十四時間営業の《玉ちゃんスーパー》は、当然、開いていた。客はほとんどいないが、店員の数は妙に多い。

「ここの三階」

私は、レジ横にあるエレベーターを指し、桜と鏡子に部屋番号を教えた。

「一応、鍵は私が持ってる」ハリーからもらった鍵を出した。「朝になったら、鍵屋でスペアキーを全員分作ろう」

「部屋の前まで行こか」鏡子が勝手にエレベーターを呼んだ。「桜ちゃんはここにおってな。ハリーが来ないか見張っといて」

「えっ？……部屋の前まで行って何すんの？」

「なるべく近くに行ってあげたいんよ。あの子らは私の大事な家族やからな」

戸惑う桜を残し、鏡子はエレベーターに乗り込んだ。「ほらっ。あんたも行くで。家族の一員やねんから」

私も鏡子の隣に乗った。あの二人は紛れもない家族だ。ドア越しにでも励ましてあげたい。

エレベーターがゆっくりと上がっていく。

「余計なこと言ったらアカンで」鏡子がポツリと言った。「希凜と象はインフルエンザウイルスのことなんて何も知らへんかもやからな」

「……わかってる」

ハリーのことだ。言葉巧みに二人が外に出ないように言いくるめているのかもしれない。

あっ……。重大なことに気がついた。

「それやったら、ドアの前なんかに行ったらアカンやんか……」

象のことだ。私が来たとなったら、ドアを開けて抱きついてくる。

「そうや。だから、アンタはここまでや」

エレベーターが三階に着いた。鏡子だけが降りる。

私も降りようとしたが、胸を強く押されて戻された。

「鍵を貸して」鏡子が鬼のように怖い顔で私を見た。「私が部屋に入ってあの子たちを守るから。はよ、鍵を貸して」

怒っているのではなく、涙を堪えている顔だとわかった。

「何、言ってんのよ」

私は強引に出ようとしたが、両手で突き飛ばされた。うしろの壁にぶつかり、エレベーターが揺れる。ドアが閉まりそうになったので、慌てて《開》のボタンを長押しした。

「アンタは自分の仕事をしなさい。ハリーを見つけ出してボコボコにして、ここまでワクチンを届けにきなさい」

まるで、本物の母親のような口調だ。

「部屋に入って守るって……どうやって守るんよ！」

私のほうが先に泣いてしまった。また鬼ババアは、私たちのために自分が犠牲になろうとしている。

「二人の傍にいてあげる。それが私の仕事や」

「なんで……なんで、そこまでするの？　血が繋がってないねんで？」

「血なんか関係あるかいな」鏡子が吐き捨てるように言った。「神様が私のためにアンタらを落としてくれたんや」

鏡子のつり上がった両目からも涙が零れてきた。

私はずっと心にしまっていた質問を訊いた。

「どうして、《世良学園》をやってたん？　他人の子供を育てるなんてしんどいだけやんか。

子供は金づるって言ってたけど、みんな独立したら戻ってこないやろ？」

「子供が産めへん体やからや。結婚もしとったけど、それが理由で別れた」なぜか、鏡子は幸せそうに笑った。「でも、そんなことどうでもええねん。やりたかったからやったんや。アンタらみたいなとんでもない不良娘を育ててしまったけど何の後悔もしてへん」

「……ほんまに？」

突然、自分が幼い子供になったような錯覚に陥った。目の前にいる痩せこけて年老いた女が大きく見えて、包んで欲しくなる。

「アンタらが選んだ道や。やりたいようにやればええ」

「ほんま……に……？」私はエレベーターのボタンを押しながら、動けなくなった。ガタガタと体が震えて止まらなくなった。

「ああ。ほんまや」

鏡子が両手を広げて、エレベーターの中に入ってきた。壊れそうな私を強く抱きしめ、頭を撫でてくれた。

「私が嘘ついたことあるか？」

今、気がついた。鬼ババアは子供の頃から一度も、私たちに嘘をついたことがない。

鏡子は私の手からそっと鍵を取り、《1》のボタンを押した。そして《開》のボタンを押し続けている私の指を優しく離してくれた。

私を見守りながら、うしろ歩きで外に出る。

「公子、待ってるで。アンタに不可能はない」最後に鏡子が笑った。「やればできる子やねんから」

エレベーターのドアが閉まった。

28

《玉ちゃんスーパー》から飛び出した私と桜は、待たせておいたタクシーに飛び乗った。

桜は、目を真っ赤にした私に何も訊かなかった。

「日本橋一丁目の交差点に行って」桜が運転手に指示を出す。

「日本橋？」象と一緒に行った洋食屋の近くだ。「そんなとこに行って何すんの？」

「田辺末吉を追う」桜はタクシーが走る先を凝視しながら言った。

「ハリーじゃなしに？」

「田辺末吉を捕まえれば必ずハリーが現れる」

たしかにそうだ。これはハリーの仕掛けた戦争なのだ。

「みんな男らしく正々堂々と戦えばええのに……」つい文句が出てしまう。「男らしい男なんてこの世に存在するの？」桜が諦め切った顔になる。「そんなの映画や漫画の中だけの話じゃん。ねえ、運転手さんもそう思わない？」

運転手が咳払いをして答える。「そんなことはないと思うで。最近の若い連中は知らんけど、おっちゃんらの世代には根性入っとった奴が多かったけどな。よう喧嘩もしたしな。今みたいな変な喧嘩ちゃうよ？　男同士の殴り合いの喧嘩やで」

「へーえ。運転手さん、喧嘩強いんだ」

運転手がバックミラーでチラチラと私たちを見る。ゴルフ焼けなのか、色黒の中年親父だ。

「そら、おっちゃんよりも強い輩（やから）はいっぱいおったけどな。喧嘩を売られたら逃げたことはなかったで。若い頃、居酒屋でヤクザにからまれたけどボコボコにしたったたな」

「へーえ。すごい」桜が感情のこもっていない声で言った。

若い女の子に褒められたのが嬉しかったのか、日本橋の交差点まで運転手の武勇伝は続いた。

「はい。着いたよ」運転手がタクシーを停め、振り返った。「こんな遅い時間に女の子たちだけでどこ行くの？　おっちゃんが送っていったろか」

鼻の下が伸びに伸びきっている。見事なまでにスケベ心丸出しの顔だ。

「わぁ！　嬉しい！　おじさん、この近くにある門田組って知ってる？」

一瞬で運転手の顔色が変わった。ヒクヒクと目の下が痙攣する。大阪でタクシーを流していて、武闘派の門田組を知らないわけがない。

「まさか……今からそこに行くんか？」

「うん！　送ってくれるんでしょ？　早く行こうよ！」

私たちは放り出されるようにして降ろされた。

猛スピードで走り去るタクシーを見ながら、桜が言った。

「ほらね。男らしい男なんていないでしょ？」


まさか、門田組の事務所にやってくるとは思わなかった。

私と桜は応接間の革のソファに座っていた。ソファがフカフカすぎて、体が半分以上沈んでしまう。

壁に掲げられたお決まりの《仁義》の文字。日本刀や鎧兜（よろいかぶと）も飾られている。黒光りする金庫も存在感たっぷりだ。

ただ、それよりも気になるものがあった。

「……あれ、何？」

私は応接間の隅にあるギタリストのポスターを指した。

「エリック・クラプトン」桜が驚きもせずに答える。

ポスターの下には本物のエレキギターが立てかけられていた。

「あのギターは？」

「石嶺の愛用品」

「ギター弾くんや……」あまりにもキャラとかけ離れていて、演奏している姿が想像できない。

「ヤクザになる前は世界一のギタリストを目指してたみたい。いつも『布袋(ほてい)よりはわしのほうが上手い』って言ってるよ」

色々な人生があるもんだ。次に会ったとしても詳しい過去には触れないでおこう。

応接間のドアが開いた。角刈りのパンチパーマの男と銀縁のメガネをかけたスキンヘッドの男が入ってきた。四日前、私を関西国際空港まで拉致した二人だ。

角刈りパンチが目を丸くして驚く。「……お前ら、何しに来てん？」

銀縁スキンは相変わらず無表情だ。

「久しぶりやね？　元気にしてた？」私は皮肉を込めて言った。

「やかましい。またドバイに売り飛ばすど」

「アンタの言うとおり、そっちのほうが良かったわ」

本心だ。あのとき、ドバイに行っていればハリーにも会わなかったし、私の家族が巻き込まれることもなかった。

角刈りパンチは得意げになって笑った。「ほら見てみろ。〝魔法使い〟に関わった奴はみんな破滅するんや」

「石嶺もお腹が痛くなったもんね」桜が挑発する。

ハッとしたように、角刈りパンチの額に血管が浮かび上がる。

石嶺の入院は、桜によってすでに知らされていた。

「おい。姉ちゃんたち」銀縁スキンが、ずいっと前に出た。「石嶺のアニキに毒を盛った奴は誰や？」

「〝魔法使い〟よ」

「奴はどこにおるねん。ぶっ殺したるから案内しろ」

あいかわらず銀縁スキンは何も言わず、目がすわっている。角刈りパンチよりも本当に狂暴なのは、こっちなのかもしれない。

「わたしたちも奴を探してるの。協力してくんない？」

桜はヤクザたちと堂々と渡り合っていた。昔、石嶺とはじめて出会ったときに、この事務所に来たと言っていたが、もの凄い度胸だ。

「また悪知恵を考えとんのか？」角刈りパンチがニタリと笑ったあと、私を見た。「公子、〝魔法使い〟も危ないけど、五十嵐桜にも近づかんほうがええど」

「もう遅いわ。こんなとこまで連れて来られてるし」

「こんなとことはなんじゃ！」角刈りパンチが鼻の穴を倍の大きさに広げて怒った。

桜が付き合ってられないとばかりに立ち上がる。「協力してくれるの？　くれないの？　どっち？」

「わかった。その代わり、〝魔法使い〟をとっ捕まえたら絶対に引き渡せや」

「もちろんよ。血なまぐさいことは任せるわ」

「よっしゃ」角刈りパンチが自分の手の平を拳で叩いた。「わしらは何をすればいい？」

「《キララ九条商店街》のスナックを改装した業者を知りたいの。石嶺が発注したはずだから」

「お安いご用や。わかりしだい連絡するさかい、ケータイの番号教えろや」

帰ろうとした私たちを銀縁スキンが呼び止めた。手に石嶺の愛用のエレキギターを持っている。

「……それをどうしろと？」

「石嶺のアニキの病室に持ってったってくれへんか？　俺ら極道者は面会禁止やから」

「お、お安いご用よ」

仕方なしに私はエレキギターを受け取った。

お、重い……。はっきり言って邪魔だ。

「任せたで」

銀縁スキンの銀縁メガネの奥が、わずかながらに涙ぐんでいた。


千日前通りでタクシーを拾い、京セラドームへと向かった。ここから石嶺の病院までは道一本で行ける。

タクシーの時計は午前三時を指していた。残り十六時間もない。

「なんで、石嶺と田辺末吉がグルだってことを言わんかったん？」

「だって、明らかに知らない感じだったじゃん。あの二人にちゃんと説明できると思う？」

たしかに無理だろう。たぶん、興奮して最後まで話を聞いてくれない。

石嶺の独断で動いているのか……。田辺末吉といつから繋がっていたのだろう？　石嶺が目を覚ましたとして、真相を語ってくれるのだろうか？

「五分でも寝たほうがいいよ」

桜にそう言われたが、気が張っているからか、まったく眠くない。象のことを考えたら、さっきよりは少し楽になった。鏡子が傍にいてくれているだけで、こうも違うのか。ただ、鏡子もインフルエンザウイルスに侵されてしまう可能性が高い。新しいプレッシャーだ。

絶対にワクチンを見つけ出す。私の家族は私が救う。

隣で桜がスヤスヤと寝息を立てはじめた。

……たいした子だ。この子なら本当に世界一のペテン師になれるかもしれない。

あっと言う間に、京セラドーム横の総合病院に着いた。

桜が緊急受付で娘（私はその姉にした）だと名乗り、一人部屋の病室に通された。麻酔が効いているのか、石嶺はぐっすりと眠っている。鼾（いびき）も身動きもしないから、まるで永遠の眠りに就いているかのように見える。

私は約束どおり、枕元のテレビの横にエレキギターを立てかけた。

桜がクローゼットを開け、ゴソゴソと石嶺の私物を漁（あさ）っている。

「何してんの？」

「探し物」桜は気にせず漁り続けた。

「ちょっと……やめたほうがいいんちゃう？」私は夜勤の看護師が来ないかとヒヤヒヤしながら、桜の背中を見た。

「あった！」セカンドバッグの中から、石嶺の携帯電話を取り出す。モジャモジャの髪をした黒人の人形のストラップが付いていた。

「その人形は、何？」

「ジミ・ヘンドリックス」

なるほど、歯でギターを弾いている。

29

京セラドームから《キララ九条商店街》は近い。まさに目と鼻の先だ。この時間ならタクシーで五分もかからずに移動できる。

「なんだかわかんないんだけど、大変なことになってるんだって？」

ポポさんがパジャマ姿で待っていてくれた。アメリカ国旗のバンダナはしっかりと巻いている。パジャマが和柄なだけに、ものすごく違和感がある。

コマさんとナベさんもいた。二人とも眠そうだが、心配そうに私たちを迎えてくれた。ポポさんたち以外にも十人ほどが集まってくれている。

ナベさんが声をひそめて言った。「カンちゃんから聞いてんけど、この商店街に世界を揺るがす秘密が隠されてるねんて？」

私はカンちゃんを睨みつけた。

「すんません……なんだか、大げさに伝わってしまったみたいで……」カンちゃんが申し訳なさそうに頭を掻いた。

「別にいいんじゃない？　インフルエンザウイルスが広まったら、世界的にヤバくなるのは間違いないんだし」

「日本人しか発症しないって、ほんまやの？」コマさんがさらにヒソヒソ声で訊いてきた。

「アジア人、全部」桜がすぐさま訂正する。

「なんで、そんな恐ろしいもんが、大阪の九条にあるねん。せめて、難波か梅田にせいよ。ほんで田辺さんとどんな関係があるねん？」

その部分の説明をカンちゃんは省いたようだ。

「田辺さんの知り合いがそのワクチンを作ってて……」ここはアドリブで切り抜けるしかない。「田辺さんに預けたんです。大事なもんやから隠しといてくれって」

「で、田辺さんはなんで消えたんや？」

「その……荷が重かったみたいで……」

「もしかして、田辺さん、鬱やったんか？」

「はい。オトンはバリバリの鬱でした」カンちゃんが話を合わせてくる。

「誰だってそんなもん預かったら、嫌になるやろうな」ポポさんがしんみりと呟いた。

「ところで……そのワクチンとやらは、どんな形をしとるんや？」ナベさんがカンちゃんに訊いた。

カンちゃんが困った顔で私を見る。実は私にもまったく見当がつかなかった。高校の化学の授業はなぜか昼ご飯のあとが多く、貴重な昼寝タイムだった。

「たぶん……液体ちゃうかな？」

「そうとは限らないよ」桜が割って入ってくる。「結晶化すれば固体になる。どんな形になってもおかしくないんじゃない？」

「じゃあ、何を基準に探せばええんや？」ナベさんが口を尖らせた。「小さいって言ってもここは商店街や。いろんな品物で溢れてるで」

「きっと食べ物ではない」桜が断言した。

ポポさんが身を乗り出す。「その根拠は？」

「だって食べ物だったら、誰かの口に誤って入っちゃう可能性があるじゃん」

「なるほどね。いくら隠していたところで、店先に並べられたら売れてまうか」

「この商店街では、全然、売れてへん品のほうが多いけどな」コマさんが自嘲的に笑った。

「ウチの店もランチにちょこっとしか客が入れへん」

「入るだけマシやんか」ナベさんが励ます。

「ランチの売り上げだけやったら知れてるがな。やっぱり洋食はビフテキやカツレツをドーンと頼んでくれんと」

「ほんなら。食べ物は除外やな」ポポさんが、集まっている住人を見回した。「みんなもわかったか？」

反応が薄い。基準が曖昧すぎて戸惑っているのだ。

「僕は逆に、食べ物なんじゃないかと思ってました」カンちゃんが横から口を出した。

タイミングが二歩も三歩もずれている。

誰も何も言わないので、ポポさんが訊いた。「その根拠は？」

「だって便利やないですか？」

「便利？」

「だって食べ物やったら、すぐに口から体に入れられるでしょ？」

「なんや、それ」ナベさんが馬鹿にしたように笑う。

背中のうぶ毛がまた逆立った。どんどん過敏になってくる。

カンちゃんの言うことにも一理ある。

「結局、何を探せばええんや？」コマさんがイライラした口調で言った。

「各自がこれだと思うものを集めるしかないんじゃない？」

桜の言葉に、全員が探しはじめた。ただ、動きにキレがない。

「なんとか……できる限りのことはやってみます」カンちゃんがペコリと頭を下げた。

この様子だと商店街でワクチンが見つかるのは期待できない。

「わたしたちは引き続き、田辺とハリーを探す」桜の言葉に私は頷いた。

タイミングよく、桜の携帯電話が鳴った。

「門田組だ」桜が通話ボタンを押し電話に出た。

どうやら、スナックを改装した業者がわかったらしい。

「わかった。ありがとう」桜が電話を切り、商店街を奥に向かって歩き出した。「石嶺はこの商店街にあるリフォーム業者を使ったって」

《キララ九条商店街》は四つのブロックに分かれていた。

奥に行けば行くほど、シャッターが下りたままの店舗が増え、寂しい印象がする。その印象は拭えない。店が開いている時間ではないが、看板やのぼりが出ていないので倉庫街のようになっている。

門田組が電話で知らせてきたリフォーム業者は、この四つ目のブロックにあるらしい。

「……どれなんよ？」

ぱっと見ただけでは、どこにあるのかわからない。

「あれじゃない？」桜が奥から三番目の店舗を指した。

たしかに《鈴木工務店》とシャッターの上の看板に書かれている。

桜はカンちゃんから借りたマスターキーで、シャッターの鍵を開けた。火災や地震のときのためにブロックごとに一本ずつ配られているのだ。このマスターキーを入手していたのは、珍しくカンちゃんのファインプレーだった。

シャッターを三分の一までゆっくりと開ける。ガラガラと音が響いた。

今、私と桜しかいない。本来なら、男たちにもついてきて欲しいところだったが、遠慮してもらった。

目的は、リフォーム会社の工事を担当した人間の住所だ。住所がわかればそれでいい。

工事を担当した人は必ず田辺末吉と接触しているはずだ。もしかすると、古くから付き合いのある人物で、田辺末吉の秘密を何か知っているかもしれない。

「電気をつけたら入ってきて」

桜が先に中に入った。手にはカンちゃんから借りた懐中電灯を持っている。

——数分が経過した。

あれ……？　どうなってんの？　いつまで経っても、店内の電気がつく様子はない。

「桜？」私はシャッターの下から中を覗き込んだ。返事がない。

何かがヤバい。背中のうぶ毛に頼らなくてもわかる。ここから逃げなきゃ。今すぐ。

桜を置いて？　いや、男たちを連れてすぐに戻ってくればいい。

立ち去ろうとした瞬間、シャッターの向こうから男の声が聞こえた。

「ゆっくりと入ってきなさい」

……田辺末吉の声だ。

「危害を加えるつもりはない。お二人に力を貸して欲しいんだ」

私は覚悟を決めてシャッターを潜った。暗くて誰がどこにいるかはわからない。

「ゆっくりと、シャッターを下ろして」

指示どおり、静かにシャッターを下ろした。

突如、店内の明かりがついた。眩（まぶ）しくて一瞬目を閉じてしまう。

ここは……。

店内ではなかった。明らかに使われていない机や椅子が埃をかぶって散乱している。工務店が潰れた跡だ。

「好きな場所に座ってくれたまえ」

田辺が、部屋の隅に立っていた。斜め前のパイプ椅子に桜が憮然とした顔で座っている。

「まずは大人しく話を聞くと約束してくれ。そうすれば、俺もこんな無粋なものは使わない」

田辺が、手に持っている銃をかざした。

30

「どうやら君たちは信用に足る人物のようだ」

田辺が標準語を使ってゆったりと話しはじめた。《スナック　象》に現れたときと同じ恰好だが、言葉が違うだけで、まったくの別人に見えてしまう。

「この数時間、君たちの行動を観察させてもらった。特に、石嶺の病室にギターを持っていってあげる優しさには胸を打たれたよ」

私と桜はパイプ椅子に並んで座った。田辺は立ったままだ。銃はチノパンのうしろポケットに差している。

「いい歳して、かくれんぼが好きなわけ？」桜がトゲのある言い方をした。

「すまない。俺のやり方に納得できないようだね」

田辺が素直に謝ったので、桜は折れるしかなくなった。鼻からため息を出して答える。

「別にそういうんじゃないけど。ハリーから狙われてるから、コソコソするしかないんでしょ？」

「そのとおりだ。奴も、俺を恐れて姿を見せない」

「ハリーの車に爆弾を仕掛けたんは、あんた？」私は田辺に訊いた。怒りがフツフツと込み上げてくる。

「あれは挨拶がわりだ。奴はあんなもので死ぬ玉じゃない」

「私も助手席に乗っとってんけど」

「マジで？　超ヤバいじゃん？」桜が目を丸くして私を見た。

「知ってたよ。だから、安全を期して奴のケータイにメールを入れたんだ。《植木鉢型の爆弾が積んであるから気をつけろ》ってね」田辺が愉快そうに笑った。

こっちは不愉快だ。おかげで三年寿命が縮んだ。そもそも安全を期するなら、爆弾を仕掛けること自体が間違ってるだろ。

「奴は何てメールを打ち返してきたと思う？」

「知らないわよ」

たしかにあのとき、ハリーは運転しながら、ものすごい勢いでメールを打っていた。

「《ありがとう。このお礼は後日するよ》って打ってきたんだ。そしたら、二日後、豆腐屋の器材がすべて消えていた。まさに〝魔法使い〟だ」

「どうして、そんなに嬉しそうなの？」桜が田辺に訊いた。

「あいつは俺の弟子だからだ。〝魔法使い〟ってあだ名も俺が付けた。俺は二十年前に足を洗ったけど、あいつは立派に育ってくれた」

どうも、胡散臭い。田辺は無理やりキザな語り口を使っている印象がある。ハリーも映画の登場人物のように、言動がいちいち芝居じみていた。これは、心を読まれないようにするための工夫なのか？

いや、今はそんなことはどうでもいい。

「あんたはワクチンを持ってるの？」私は田辺の目をじっと見据えた。どうしても、視線が右眉の銃創にいってしまう。

田辺がキザな笑みを浮かべたまま首を振った。「ここにはない」

「なんでもするわ！　ワクチンがどうしても必要やの！」私は必死で懇願した。

「大切な家族が感染させられたんだもんな。そのことに関しては俺も責任を感じてるよ」

「じゃあ、さっさとワクチンをちょうだいよ！」

「ハリーを倒すのが先だ」

クソッ。ぶん殴ってやりたい。

「私らに何をさせる気なん？」

「何だと思う？」田辺が焦(じ)らすように間を取った。

「ハリーをおびき寄せる餌(えさ)になれってんでしょ？」桜が代わりに答える。

「正解だ。中々、優秀だね。俺の新しい弟子にならないか？」

「興味ないんですけど」桜が嫌味たっぷりに返す。

「どうやっておびき寄せればいいんよ？」

「ワクチンが手に入ったと言えばいいだろ。そうだな……今すぐはさすがに怪しまれるだろうから五時間後でどうだ？」田辺が提案した。

「遅すぎるわ。もっと早くにしてや！」

一分でも早く、私の家族を救ってあげたい。

「焦りは禁物だ。奴に悟られないようにことを進めろ」

「六時間後にして」

桜が勝手に一時間増やした。

「俺はかまわない」

「ええわけないやろ！」私はブチギレて叫んだ。「最後の大勝負に出るんだから、わたしたちも軽く睡眠を取ったほうがいい」

桜が宥めるように私の手を握った。

「こんな状況で寝られるわけないやんか……」

桜の手が私の手を強く握りしめる。「象くんを助けたいんでしょ？　寝なきゃ勝てないって。相手は〝魔法使い〟なんだから」

「……寝れば魔法に勝てるの？」

「奇跡が起きる確率が高くなる」

最後の最後で奇跡に頼らなくちゃいけないなんて……。

絶望感と疲労感が同時に私の体を襲ってきた。

「よっ。決まりだ。今から君たちはカプセルホテルに行って、ぐっすりと寝なさい。朝ご飯もしっかりと食べてくるんだ。いいね？」

田辺は私たちの顔を交互に見ながら命令した。

「その前に、あんたと石嶺との関係を教えてや。なんでグルになってんのよ」

「その答えもあとのお楽しみに取っとけ」田辺は私に向けてウインクをした。「ワクチンを渡すときにすべて話してやる」

桜がパイプ椅子から立ち上がり、訊いた。「ハリーをどこにおびき寄せるの？」

「そうだな……。クライマックスはドラマティックに行きたいからな」田辺が、右眉上の丸い傷を撫でる。「《スナック　象》にしよう。この商店街では、あそこが一番相応しいだろう」

私は一人で千日前のカプセルホテルへと向かった。桜はインターネットカフェのほうが慣れていて寝やすいと言い、途中で別れた。「絶対に寝るんだよ！」タクシーを降りながら、念を押してきた。

カプセルホテルに入店する前にカンちゃんに連絡をし、ワクチン探しを一時中断してもらった。

私はお風呂にも入らず、蜜蜂の巣のようなカプセルへと入った。眠れないと思っていたが、すぐに眠気に包まれた。

夢を見た。象と動物園に行く夢だ。

観光客は誰もいない。静かな動物園だった。よく見ると、動物さえもいない。私と象は手を繋ぎ、何もいない檻の前をウロウロと歩いた。象も私も全然、楽しくなかった。

象が「キリンが見たい」と言うので探したが、見つからない。気がつくと私がキリンになって、檻の中に閉じ込められていた。

ある家族が楽しそうに私の檻の前を横切る。

象と希凜とハリー。三人はドラマに出てくるような家族だ。怖いほど愛に溢れる笑顔を浮かべ、三人で手を繋いでいる。

なぜか、真ん中はハリーだ。

そこは、象だろ！　おい、聞いてんのか魔法使い！　といくら叫んでも、キリンになった私の首は伸びるばかりで、三人の家族に声は届かない。

バイバイ！　象が私に手を振る。

耳元でバリボリバリボリとハリーがフリスクを食べる音がする。

カプセルの中で目が覚めた。全身に嫌な汗をぐっしょりとかいている。しばらくは呼吸をするのも苦しかった。

枕元のデジタル時計で時間を確認する。

午前九時――。五時間も眠ってしまった。約束の時間まで、あと一時間ある。田辺に言われたとおり、朝ご飯を食べに行くことにした。ここまでくれば、最善を尽くして奇跡を待つしかない。朝ご飯を食べる場所は、もちろん木津卸売市場だ。

象の好きなイクラ丼をお腹いっぱいになるまで食べてやる。

31

午前十時――。

私と桜は《キララ九条商店街》の前で会った。二人とも昨日の服装のままだ。

「眠れた？」桜が訊いた。

「ぐっすり」私ははにかみながら答えた。「朝ご飯もがっつり食べてきた」

「やるじゃん」

商店街は普通の営業に戻っていた。ベーカリーからパンの匂いが漂ってくる。タコ焼き屋も鉄板に油を塗って準備している。

金物屋のおばちゃんが私を見つけて手を振ってきた。「おはようさん！　今日もべっぴんさんやね！」

「おはようございます」

私と桜は会釈した。天気も良くて気持ちのいい夏の終わりの朝だ。とても、今から戦いにいくとは思えない。

「白いたい焼きだって」桜が象と同じセリフを言った。

「すべてが終わったら、一緒に食べようや」微笑みかけて言った。

「無理。今、ダイエット中だし。アンコとかありえないし」

相変わらず可愛くないガキだ。


田辺末吉はすでに、《スナック　象》のカウンターで待っていた。

「よしっ。俺を縛りあげろ」田辺が用意したロープを出す。「ただし、俺の言う手順どおりにやるんだ」

十五分かけて縛った。両手を背中のうしろに回して見た目は完全に拘束されているが、田辺は自由に縄を解くことができる。

「〝縄抜け〟の基本だ」田辺が得意げに言った。

「手品師みたいだね」桜がまた皮肉で返す。

あとはハリーが来るのを待つだけだ。

気を引き締めろ。奴のことだ。まともに正面から現れるはずはない。

「暑い。冷房を強くしてくれ」

床に転がされている田辺が、カウンターの下でもがいた。両足も縛られているからイモ虫みたいだ。

カウンターの上に、小さな魔法瓶ほどのカプセルがあった。

「これをワクチンってことにするの？」桜が訊いた。

「ああ。中は水だけどな。絶対に触るなよ」

「わかってるって」

ハリーが来ない……。

約束の時間はとっくに過ぎている。私たちはジリジリしながら待った。田辺は目を閉じたままジッと動かない。眠っているのかと心配になるほどだ。

ハリーには私が連絡をした。ハリーから預かった専用の携帯電話でだ。

今朝、木津卸売市場に行く前にかけた。電話をかけると、一回目のコールで受話器が上がった。「もしもし？　ハリー？」と問いかけても返事がない。だが、人の気配はする。「田辺末吉を捕まえたわ。十一時に商店街の《スナック　象》に来て」そこまで話したところで、一方的に電話を切られた。

「もしかして……来ないんじゃない？」桜が不安そうに言った。

「いや、奴は必ず来る」田辺がうっすらと目を開ける。「ずっと、俺に復讐する機会を待ち続けていたんだ」

また暑くなってきた。

「ちくしょう。クーラーが壊れてんのか？」

田辺の言葉が合図かのように、クーラーから白い煙が噴き出してきた。

「なんやの？　これ？」

「マズい！　逃げろ！」田辺が一瞬でロープを解き、店の外に出ようとした。

ドアが開かない。田辺が蹴ろうが体当たりをしようがビクともしない。

「換気扇を回せ！　この煙を吸い込むんじゃねえぞ！」

私は急いでカウンターに入り、キッチンの横にある換気扇のスイッチを押した。

動かない……。何度押しても動いてくれない。

配線を切られている。

ハリーだ。こっちの罠を見抜き、さらなる罠を仕掛けられた。

「し……室外機に……細工……」

クーラーの真下に立っていた桜が、よろめいて膝をついた。顔面が真っ青になっている。私も頭の芯がぼうっとなり、視界がぼやけてきた。強制的に意識が朦朧となる。あれだけ睡眠を取ったのに、瞼が鉛のように重くなる。

「ま……ま……麻酔ガス……だ」

田辺の声が、遠くで聞こえた。

全身が異様にだるい。

体の節々がひどく痛む。頭の中に靄がかかっていて、現実かどうなのかも定かではない。

……誰かが私の耳元で泣いている。男の子の泣き声だ。

象？

私は力を振り絞って目を開いた。カンちゃんだった。私の真横で涙を流しながらもがいている。両手と両足に手錠をかけられ、口はガムテープで塞がれている。

頭の上で、バリボリとフリスクを噛み砕く音がした。

「おはよう。諸君」

ハリーがカウンターに腰掛け、見下ろしていた。

私たちはまだ《スナック　象》にいた。全員が手錠をかけられ、床に転がされている。しかも、カンちゃんが一人増えていた。どれくらいの時間が経ったのか見当もつかない。

「ずっと、この日を待ちわびていた」

ハリーは感極まった顔で両手を広げた。天井を仰ぎ、うっとりと目を細める。

全員が、ガムテープで口を塞がれて喋ることはできない。まさにハリーの独壇場だ。

「今日ですべてが終わる。俺の新しい人生が始まるんだ」

カウンターから飛び下り、私たちの間を練り歩きながら演説を続けた。

「やっと〝魔法使い〟を引退することができる。俺がどれだけのプレッシャーを受けてきたか想像できるか？　常に伝説を作り続けなければいけない。頭がおかしくなるかと思ったよ。ベトナムのジャングルに置き去りにされたときが人生で一番辛いシーンかと思ったが、そんなもの全然、大したことではなかった。断言してもいい。エスカレートする人々の期待に応えることが、この世で何よりの地獄だ」

ハリーが田辺に近づき、口のガムテープを外した。

「ずいぶんと歳を食ったな。工藤さんよ？」

……工藤？　田辺の本名か？　もしくはハリーとの間では工藤と名乗っていたのか？

田辺はハリーを睨み続けるだけで何も言わなかった。

「そこまで顔を変えたんなら、どうして、この傷を消さなかったんだ？」

田辺はそれでも答えない。

「傷が脳に直結してて下手に弄れないのか？　中途半端に無敵だと、生き方に困るねえ」

ハリーが立ち上がり、田辺のみぞおちを蹴り上げた。田辺がくの字になり、呻き声を上げて悶絶する。

「アンタ、腕が落ちたな。まさか本当にこんなショボくれた商店街で豆腐屋をやってるとは思ってなかったよ」

ハリーが田辺を無理やり起こした。

「ワクチンはどこに隠してる？」

「俺は知らない……」田辺が弱々しい声で答える。

「嘘をつくな。大量生産に成功したんだろ？　ジェイムソンが死ぬ間際に吐いたぞ」

「本当に……俺は知らない……お前も、ワクチンを持っているんだろ？」

「俺が持っているのは、あのとき研究所にあった少量だけだ。金儲けをするには、とてもじゃないが足りない」

「贅沢は敵だぞ……欲張りな野郎だな……」田辺が体を震わせながらも毒づいた。

「ここにお前の息子を連れてきた理由はわかってるな？」

今度は、カンちゃんを無理やり立たせた。わざわざ、手錠の鍵を外す。

「あれを持て」ハリーがカウンターの上のカプセルを指した。田辺が用意したものだ。

「むぐ。むぐう」カンちゃんが必死に首を振って抵抗する。

「いいからギュッと摑むんだよ。ほらっ」ハリーがナイフを出した。「目をほじくり出されるのとどっちがいい？」

「やめろ！　触るな！」田辺が叫ぶ。

「むむ！」カンちゃんがヤケクソになってカプセルを摑んだ。

次の瞬間、全身が棒のようになって床にぶっ倒れた。

「子供騙しみたいな仕掛けだな、おい」ハリーが田辺の顔面に唾を吐いた。

切り札が、いとも簡単に見破られた。あのカプセルは高圧電流が流れるスタンガンを田辺が改造したものだった。

「もう一度だけ訊くぞ」

ハリーがカウンターの上に置いてあるブリーフケースを大切そうに手に取った。ファスナーを開け、銀色のボールペンのような物を出した。

「これがなんだかわかるか？　注射器だ。先を押しつけるだけで針が飛び出す仕組みになっている。注射器の中には何が入っているか、説明しなくてもわかるな？」

インフルエンザウイルスだ。

「これを息子に打てば、さすがのお前もワクチンの在り処を吐くだろう」

「やめろ……やめてくれ……」田辺がうなだれる。

私は両足を振り上げ、カウンターの椅子を蹴り倒した。

ハリーが舌打ちをした。「てめえ、何がしたいんだ？」

私は顎を動かし、ガムテープを外せと要求した。

「命乞いじゃねえだろうな？」

ハリーが私の口のガムテープを剝がした。私は大きく深呼吸し、言った。

「その注射、私に打ちなさいよ」

「いい度胸してるじゃねえか。どうした？　悟りでも開いたのか？」

ハリーが嬉しそうに笑い、私の頬をナイフでペチペチと叩いた。

桜が目を見開いて激しく首を振る。

「大丈夫やで。もうワクチンのある場所がわかったから」

32

ハリーが笑うのをやめた。

「今、何て言った？」

「聞こえんかった？　ワクチンのある場所がわかったって言ったのよ」

「ハッタリはやめろ。俺は女のハッタリが何よりも嫌いなんだ。虫酸が走る」ハリーが害虫を見るような目で私を見た。

「そう思うんだったら打ってみれば？」

田辺が潤んだ目で私を見た。「もう充分だ。君が意地を張って死なないでくれ。俺は本当にワクチンの隠し場所を知らないんだよ」

「私は知ってる」上半身を起こし、ハリーに肩を差し出した。「ほらっ。思い切ってブスッとやっちゃってや」

「ん！　ん！」桜が足をジタバタさせて私を止めようとする。

ハリーが半ば呆れた顔で私を見た。「死にたいのか？」

「絶対に死なへん。私かって魔法の一つや二つは使えるねん」

「じゃあ、使ってもらおうか」

ハリーが銀色の注射器を私の腕に突き刺した。ブシュッと鋭い音がして、少量の液体が体に入ったのがわかった。

「くそっ。ウイルスを撒き散らかすんじゃねえぞ！」

「私をトイレにでも放り込めば」

「ああ！　そうするよ！」

ハリーが興奮状態で私の足の手錠を外した。髪の毛を摑んで起こし、引きずるようにしてトイレまで連れて行く。

「てめえは便所で生まれて便所で死ぬんだよ！」

ハリーがトイレのドアを開けた。

「まいど。やっとわしの登場かい」

エレキギターを持った石嶺が、トイレの中で仁王立ちをしていた。

ハリーが魔法でも見るような顔で、石嶺を見る。

「な、なんで……さっきまで誰もいなかったのに……」

「ずうっと屋根の上におったわい。さっきまで麻酔ガスで動けんかったけどな。病院でも麻酔されてたからのう。頭が重いで」石嶺がギターのネックを摑み振りかぶった。「わざわざ病院を抜け出してタイマンをしに来たんや。もっと喜んでくれや」

私は桜を見た。目が笑っている。……これは桜の仕掛けだ。

ハリーをおびき寄せるまでに六時間も空けたのは、私を眠らせるだけじゃない。石嶺を連れてくるためだったのだ。

「呼ばれて飛び出てジャジャジャジャジャーンや！」石嶺がエレキギターでハリーをぶん殴った。ハリーがふっ飛び、カウンターでしこたま背中を打ちつける。手からナイフが落ち、カンちゃんの前に転がった。

「勘一！　拾え！」田辺が叫ぶ。

カンちゃんは意識を朦朧とさせながらもナイフを拾い、立ち上がった。

「てめえに……人が刺せるのかよ……」ハリーが背中を押さえながらカンちゃんと対峙する。

「気にせんでええど！　ぶっ刺してやれ！」石嶺が煽った。

「む……無理です！」カンちゃんがナイフをカウンターの奥に捨てた。

「根性なしか！」

「僕……これしかできないんです」

カンちゃんがおもむろにハリーの髪の毛を摑み、顔面に頭突きを叩き込んだ。

グシャリと鼻が潰れる音がした。二度、三度と頭突きを入れる。みるみるとカンちゃんの顔が返り血で真っ赤に染まった。

「ぐっ……ふっ……」ハリーが膝をつき、うつぶせに倒れた。

「次は私の番やで」

結婚詐欺師になるために、鍛えた技だ。鍛えすぎてさくらんぼの枝を蝶々結びできるまでになってしまった。

「ダーリン。こっち向いて」

私はハリーを仰向けに反転させて馬乗りになり、熱烈なキスをお見舞いした。血の味がしたが気にしない。

「ごちそうさま」

「うわああ！　あああ！」ハリーがパニックになり、麻のスーツの胸ポケットからフリスクを取ろうとする。

「これがワクチンなんやろ？」私はハリーの手からフリスクを奪い取った。「いくらなんでも食べすぎやと思っとってん」

昨夜のカンちゃんの言葉がヒントだった。『だって食べ物やったら、すぐに口から体に入れられるでしょ？』と言ったときにピンときたのだ。

「〝魔法使い〟の割にはえらいびびっとってんのう。どれ？　まだ持っとるんとちゃうか？」

石嶺がハリーの体をまさぐる。フリスクの箱が三つも出てきた。これだけあれば、象たちを救えるだろう。

「やるじゃん」拘束から解放された桜が肩を叩いた。注射器で刺された痕がチクリと痛む。

「結婚詐欺師をちょっとだけ見直したよ」

「ちょっとだけかいな」

「だって、ペテン師のほうがカッコイイもん」

「さて、こいつをどうしようかいの」

石嶺が、虚ろな目で天井を見ているハリーを見下ろした。

「門田組に預けるんとちゃうの？」

「アホ。そんなことしたら、こいつ、ぶっ殺されて六甲山に埋められるがな」

「じゃあ、警察に引き渡すしかないんとちゃう？」

「何の罪でよ？」桜が、またいつもの偉そうな口ぶりで間に入ってくる。「どう見ても加害者はわたしたちになっちゃうよ」

「まあ、叩けば埃が出る身やろ。警察に任せよ」石嶺も渋々と認めた。

「もし、犯罪の証拠が何もなくて、無罪放免になったら？」

「そんときは、そんときで天罰が下るやろ」


石嶺が仲のいい刑事に電話をし、パトカーを派遣してもらった。

電流を体に受けたカンちゃんは、救急車で運ばれた。

体にインフルエンザウイルスが入った私は、フリスク型のワクチンを食べ、念のため感染を広げないように、救急車が去るまで屋根裏で待機した。

ハリーはブツブツと独り言を呟きながら、石嶺たちのほうをいっさい見ずに連行されたらしい。

「完全に自我が崩壊してもうたのう」石嶺がカウンターでビールを飲みながら言った。「これで奴の伝説も終わりやな」

桜が田辺のほうをくるりと向き直った。「さてと。いよいよ謎明かしの時間ね」

「と、いいますと……」田辺がカンちゃんにソックリな表情でおどおどしはじめた。

「とぼけないでよ。ワクチンのある場所じゃんか！　この商店街のどこかに隠してあるんでしょ？」

「いやあ……だからさっきから、何回も言ってるように……知らないんです」田辺がペコリと頭を下げた。

「隠し場所を忘れたとか？」

田辺が首を振る。

「ほんじゃあ！　なんやねん！　せっかくボディーガードした意味がないがな！」石嶺が怒鳴った。

「ボディーガードってなんなんよ？」私は石嶺の腕を摑んで訊いた。

「お前が関空にさらわれた日、門田組に連絡があったんや。田辺をハリーから守って欲しいってな。報酬は弾むからってな」

「えっ？　なにそれ？　初耳？」桜が顔をしかめた。「ギャラはいくらなんよ？」

「……一億円や」

「えっ！　なにそれ！」桜が石嶺に摑みかかる。

「やめろ！　離せ！　わしゃ、病人やぞ！」

「病人が、ビール飲んでんじゃないわよ！」桜が石嶺の顔を引っ搔く。

「わかった！　ちゃんと山分けするがな！」

私は田辺を見た。居場所がなさそうな態度でモジモジしている。

「ほんまに、門田組に連絡したん？」

「はい。工藤さんが……」

「工藤さん？」

田辺がガバッと土下座をした。「騙しててすんませんでした！」

石嶺と桜が揉み合いをやめて田辺を見る。

「騙してて……どういう意味なん？」

「俺、本物じゃないんです！　偽物なんです！　だからワクチンのある場所も知らないんです！」

私たち三人は顔を見合わせて絶句した。

「ほんじゃまあ……真実を話してもらおうか」

「はい！」

田辺が顔を上げ、息子にソックリな引きつった笑顔を見せた。

エピローグ　その1

一カ月後

俺は関西国際空港のロビーでサンフランシスコ行きの飛行機を待っていた。

もう日本は懲り懲りだ。こんな腐った国では二度と仕事をしない。地に落ちた評判を取り戻すためには、新天地で勝負を賭けるしかない。サンフランシスコからロサンゼルスに渡り、ハリウッドのセレブを相手に荒稼ぎをしてやる。

キャリーケースを持った女が俺の前を横切り、ギョッとした表情を見せた。

クソッ。まだ鼻の腫れが治まらない。

だが、勝ったのは俺だ。警察に突き出されたが、何の罪にも問われなかった。当たり前だ。何の証拠も残してこなかったから、長年、〝魔法使い〟と呼ばれてきたんだ……。

「すいません。お隣いいですか？」

変なオヤジが、俺の横を指した。

「どうぞ……」

「ありがとうございます。よっこいしょっと」オヤジが無理やり俺の隣に腰を下ろした。

なんだ、頭のバンダナは？　アメリカ国旗？　似合ってると思ってんのか？

「旅行ですか？」オヤジが人懐っこい笑顔で訊いてきた。

この笑顔……どこかで……。

「いやあ、まだまだ暑いですな」オヤジがバンダナを取り、首筋を拭いた。

右の眉の上に丸い傷がある。まるで、銃で撃たれたような痕だ。

「どうしました？　この傷がそんなに珍しいですか？」

俺は驚きのあまり何も答えることができなかった。

「この傷は消さないって決めてるんですよ。自分のトレードマークみたいなものですからね」

俺は声を振り絞った。「た……田辺末吉は……あんたの影武者だったのか……」

「彼は私のためなら何でもするって言ってくれたんですよ。昔、ベトナムで命を助けられた借りを返したいんですって」

ベトナム……地下の研究所……田辺末吉はアイツだったのか……。

俺が殺した白人の横で、インフルエンザウイルスを打たれて苦しんでいたベトナム人……。

「私はね、ある若者が恐ろしかった。溢れんばかりのその才能は近いうちに私を脅かす存在になるだろうと確信していた。いつかきっと、本物の〝魔法使い〟になるとね。だから、白人の兵士に犯されている写真でも持っていれば、一生私に頭が上がらなくなると思っていたんだが……」工藤が静かにため息を漏らし、口調を変えた。「まさか、あの状況から脱出するとはな。さすが、〝魔法使い〟だ」

「田辺親子はベトナム人だったのか……」

「わからないもんだろ？　そういうお前も半分血が入ってるじゃねえか。人類みな兄弟ってやつだ」

「なぜ、田辺を助けた？」

「二歳になる息子がいるって泣き出すし……俺は今まで人を殺したことがないからな」

「クソッタレが……」俺の目から涙が零れた。「もう少しで勝てたのに」

「ああ。惜しかった」

「俺は勝っていた！」

「そうだ。紙一重の勝負だったよ」工藤がワイシャツの胸ポケットから一枚の写真を出した。

女の子の赤ん坊が写っている。

「俺の娘だ」工藤が目を細めながら言った。

「子供はいないって……」

「捨てたんだ。《世良学園》っていう施設に預けた。俺の血を引いたのか、凄腕の結婚詐欺師なんかになりやがった」

まさか……そんな……俺は最高の切り札を手にしていたのか……。

「気にするな。ありえない確率の奇跡だ。俺も、娘の前には二度と姿を現さない」

「どうして……娘を捨てたんだ？」

「家族でいるときに命を狙われたからだ。車のブレーキに細工をされた。嫁さんは即死だった。どれだけ泣いても彼女は帰ってこなかった」

メコン川での会話を思い出した。あのときの工藤の表情を読み取る力があれば……。

「さて、ドライブにでも行くか」工藤がバンダナの下から銃をちらつかせた。「もちろん、付き合ってくれるよな？」

付き合うしかない。もう、魔法は完全に切れてしまった。

俺は最後の質問をした。

「ワクチンは商店街のどこに隠していたんだ？」

「お前のフリスクと似たようなものさ」

「……頼む。教えてくれ」

「コーヒー豆だ」工藤がニヤリと笑った。「だから俺の店ではいつもインスタントを出しているのさ」

エピローグ　その2

三カ月後

「ここがママの住んでたお家(うち)やで」

ウチは息子を連れて、久しぶりに《世良学園》にやってきた。

「うわあ……ボロボロやな。ぼく、この家に生まれんで良かった！」

一人息子の象は素直で可愛い天使みたいな子だが、なんでも正直に言いすぎて〃ちいちゃい悪魔〃に変貌してしまうときがある。

「自分かって、ストリップ劇場育ちのくせに」

「女の人の裸をタダで見られるから得やもーん」象が尻を振ってウチを挑発する。

口が達者すぎて、いつも口喧嘩に負けてしまう。

「誰の家がボロボロやて？」

突然、園長先生が扉の陰からぬっと顔を出した。

「うわあああ！　鬼ババアや！」象が短い足をちょこまかと回転させて逃げる。

「待たんかい！」園長先生がどでかいそろばんを持って追いかけた。

あの悪夢のような出来事から三カ月が経った。

ウチの前に現れたあの人は、薬物の中毒も治してくれたし、本物の〝魔法使い〟かと思っていた。でも、お金と復讐のために、ウチと象にインフルエンザウイルスを打ち込んだ。

あのときに、園長先生が来てくれなかったら、自分でもどうなったか想像がつかない。少なくとも、またドラッグに走ったと思う。

あの日、スーパーの上のマンションに閉じ込められたウチと園長先生は色々な話をした。特に、ウチが荒れた生活を送ってるときに、どれだけ心配したかという話をたっぷりと聞かされた。でも、最後には「アンタの好きなように生きていけばいい」と言われて、人生で一番嬉しかった。

今は朝早く起きて、コンビニのレジ打ちの仕事をしている。ストリッパーより地味な仕事だけど楽しい。何より健康になってきたから、象と思う存分遊んであげることができる。

いつかは、ウチが捨てられていた場所の天王寺動物園に二人で行ってみたい。

「ほらっ。何をぼーっとしてんの。二人ともさっきから待ってるで」

象を追いかけ疲れて、園長先生がやってきた。

居間に行くと、コタツの中に公子ちゃんがいた。

「あれ？　フィアンセさんは？」ウチはニヤニヤとしながら訊いた。

「ずっとトイレ……。えらい緊張してるみたい」

「もう一つ嬉しいお知らせがあるんとちゃうの？」園長先生がウチよりもニヤニヤして言った。

「そうやねん……実はな……」公子ちゃんが照れながら自分のお腹をさすった。

「もしかして、赤ちゃんができたん？」

公子ちゃんが早くも母親の顔で頷く。

唐突に、トイレのドアがバンと開いた。

「あっ！　全員、揃ってる！　お母さん！　希凜さん！　公子さんを僕にください！」

カンちゃんが直立不動のまま固まった。ロボコップのような動きで頭を下げる。

「なんで、トイレから出てすぐに言うんよ……」公子ちゃんが手で顔を覆う。

「あっ……」カンちゃんが、〝しまった〟の顔のままフリーズする。

「公子、ほんまにこの人でええの？　今からでも考え直したら？」園長先生が冗談ではなく本気の顔で言った。

「色んな男を見てきたからな……」公子ちゃんが、カンちゃんを見て微笑んだ。「これぐらいの木偶の坊がちょうどええわ」

象がテケテケと走りながら居間に飛び込んできた。「カンちゃん、また顔が赤くなってるやんけ！」

お尻を振ってからかっている途中に、ふと気がついた。

「うおおお！　公ちゃんもや！」

この作品は携帯サイト「東京24区」で連載していた
「悪夢の商店街」に加筆修正した文庫オリジナルです。

悪夢の商店街
（あくむのしょうてんがい）

木下半太
（きのしたはんた）

平成22年10月10日　初版発行
平成23年7月25日　2版発行

発行人――石原正康
編集人――永島賞二
発行所――株式会社幻冬舎
〒151-0051東京都渋谷区千駄ヶ谷4-9-7
電話　03(5411)6222(営業)
03(5411)6211(編集)
振替00120-8-767643
印刷・製本―株式会社 光邦
装丁者――高橋雅之

幻冬舎文庫

ISBN978-4-344-41544-7　C0193　き-21-7